AF599634

La última tentación de Eva

el paseo | narrativa

Cristina Cerrada

La última tentación de Eva

XXX Premio de Novela Universidad de Sevilla

el paseo, 2025

Esta novela, *La última tentación de Eva*, de Cristina Cerrada, resultó ganadora del XXX CERTAMEN DE LETRAS HISPÁNICAS DE LA UNIVERSIDAD DE SEVILLA «RAFAEL DE CÓZAR» (AÑO 2023/24), en la modalidad de NOVELA, tras deliberación celebrada el día 12 de diciembre de 2024, en la sede del Centro de Iniciativas Culturales de la Universidad de Sevilla (CICUS), por un jurado presidido por Luis Méndez Rodríguez, director general de Cultura y Patrimonio de la US, y formado por Eva Díaz Pérez, Ignacio F. Garmendia, Verónica Pacheco y David González Romero (en representación de El Paseo editorial).

www.elpaseoeditorial.com

1.ª edición: julio de 2025

Diseño y preimpresión: EL PASEO EDITORIAL
Maquetación y cubiertas: Jesús Alés
Corrección: Alejandro Gago
Impresión y encuadernación: Gráficas La Paz

I.S.B.N. 978-84-19188-72-4
DEPÓSITO LEGAL: Se-1266-2025
CÓDIGO THEMA: FBA

Impreso en España.

Contenido

A las madres.
Las que fueron.
Las que serán.

Y he ahí que Eva, habiendo Dios expulsado
a su hijo Caín del Edén, le preguntó:
«¿Debo ir con él, Señor?».
Y Dios le dijo: «Tu sitio está conmigo, mujer».
Y fue esa la última tentación de Eva.

Libro de Eva
MANUSCRITO ANÓNIMO

La proyección

La película es *Los diez mandamientos*. Los niños están inquietos, no le prestan atención. La mayoría no entiende el idioma. Las imágenes, antiguas, de otra época, con los colores demasiado subidos, les hacen reír. Unas risas broncas, casi adultas.

La pequeña sala de actos del convento está demasiado concurrida. Huele a sudor y a pis. A veces, Ruth tiene que taparse la boca para contener una arcada. A los niños, una treintena, los han enviado del centro de internamiento en autobús. En el centro habrá quedado diez veces esa cantidad. No hay niñas. Cuando acabe la película se los volverán a llevar.

La sala, con las persianas bajadas, permanece casi a oscuras. Llena de risas y voces, de faltas de respeto, parece la sala de recreo de un penal.

La mayoría de los niños no entiende aún el concepto de religión. Proceden de diferentes lugares, lugares remotos donde Ruth nunca ha estado ni va a estar, lugares que le gustaría visitar. A veces envidia a esta gente que ha nacido allí, lejos de esto. En una selva, un desierto, en la cima nevada de un pico, al pie de un volcán o en una isla, rodeada de mar.

A veces se pregunta qué tiene que ver la vida con lo que ella hace aquí.

Una hermana entra en la sala y enciende las luces. Las voces cesan de golpe. Ruth y los niños se vuelven a mirar.

–Hermana Ruth, por Dios –dice la monja–. Vaya escándalo. ¿No puede poner un poco de orden aquí?

El trabajo

Corrige las redacciones de los niños como si leyese sus diarios. Cada palabra mal escrita, cada falta ortográfica, le hacen sentir dolor. Impaciencia. Ira. Pese a todo, sonríe con indulgencia. Una indulgencia que oculta una erupción subterránea, y que se transforma en hondo sentimiento de culpa a continuación.

Algunas de las redacciones no parecen escritas por un niño. Ni siquiera por un ser humano. Es la falta de destreza en el empleo del idioma prestado, se dice, extranjero. Todo en ellas parece impostado. Mostrenco. Bárbaro.

Tendrá que confesarse por pensar así.

Algunas parecen relatos fantásticos. Hablan de dragones, de guerreros, de tesoros enterrados. Tiene que reconocer que mantienen la tensión. Otras hablan de la guerra. De horrores cotidianos. Tan cotidianos que sobrecogen. Otras hablan del infierno. O describen el hambre. O cuentan una violación. Como en un telediario. O un documental. Sin pasión.

Ha leído libros impíos. Ha leído el Corán. El *Gilgamesh*. *El Decamerón*.

En la tele ponen *Jesucristo Superstar* como parte de la programación navideña. Ya nadie ve la diferencia entre el nacimiento de Cristo y su muerte, piensa. Es solo religión.

Jesús

De niña tenía pesadillas.

A veces, se sentaba en la cama y encendía el televisor. Sin voz. Fue así como conoció a Jesús. Jesús estaba jugando al baloncesto.

–¿Jesús jugando al baloncesto? –se rio Camila–. Será tonta...

–No te rías –la regañó mamá–. Cuando te despierte una pesadilla, llámame, Ruth. Ve a buscarme.

A partir de esa noche soñará siempre con Jesús.

Jesús jugando al baloncesto.

Jesús no le da miedo como el hombre.

El hombre

Está debajo de las sábanas. Es de noche. Por la ventana no entra nada de luz, solo el ladrido de los perros.

Se abre la puerta y entra el hombre. Ruth tiene los ojos cerrados, los párpados apretados. No lo ve pero sabe que está ahí.

Sabe que es él.

Es el sueño de siempre. El que soñaba, y el que sueña.

El miedo

Es pequeña y está enferma. No va al colegio. En su cuarto se ha instalado un aparato de televisión. Ruth ve un programa infantil. El programa se detiene y hay un anuncio. Hay un hombre con la cara cubierta de espuma de afeitar que sonríe mostrando las encías. En la mano lleva una cuchilla.

Corren lágrimas por la cara de Ruth. Es el miedo. No sabe cuándo ha llegado. Pero ya no se irá.

Su padre entra en el cuarto y le pregunta qué le ocurre. Ruth no contesta. Él vuelve a preguntar. Qué te pasa. Quiere que venga mamá. No sabe dónde está mamá, él es quien está ahí, dice el padre, qué le pasa. Que lo diga, no tiene por qué llorar.

Su padre la riñe.

–Venga, vamos. Deja de llorar.

Y ella para de llorar.

Cuando su padre se va, cierra la puerta tras de sí.

El miedo se va con él.

Pero solo un rato.

Está aprendiendo a no llorar.

La madre

No va al colegio desde hace un mes. Tiene una enfermedad. El curso está ya por la mitad. Ha faltado a los exámenes y tendrá que repetir. No importa porque es pequeña, ha dicho el profesor. Sí importa, dice su padre.

Entra su madre. Ha preparado la merienda para Ruth. Se sienta en la cama junto a ella y la mira comer.

–¿Te gusta? –le pregunta.

–Sí, mamá.

La madre le pone la mano en la frente.

–Te ha bajado la fiebre. Ya te estás poniendo buena. Podrás ir al colegio otra vez.

–No quiero ir al colegio –dice Ruth.

–¿Por qué no? ¿No echas de menos a tus amigas?

No tiene amigas. Solo niñas que hablan mal de ella. Las más guapas, las más malas ni siquiera la miran. Las más tímidas, y feas, como ella, la mayoría, vienen y van. A veces hablan y a veces no. A veces la señalan, se burlan de ella y se ríen. Cuando sea mayor, se vengará.

–Me quedo contigo, mamá.

Su madre abre la ventana y se sienta de nuevo en la cama junto a Ruth. Le toca el pelo. Le acaricia la cara.

–No estés triste. ¿Qué te pasa?

Piensa en las cosas que suceden por las noches en los sueños. Que parecen tan reales como las cosas que suceden por el día de verdad.

No le dice nada a su madre. Si lo supiera, lo contaría a otras personas. La llevarían a un hospital. La apartarían de su madre y eso no lo podría soportar. Estar enferma, piensa, no es nada.

Camila

Es de día. Ahora le da miedo estar sola de día también.

Llama a su madre.

–¡Mamá!

Su madre viene corriendo y entra en la habitación. Camila viene con ella.

–¿Qué sucede?

Camila se sienta en la cama junto a Ruth. Ruth quiere que se vaya. Camila se ríe. Tiene el pelo largo. El pecho abultado. Trae los libros del colegio en un bolso de chica mayor. Se ríe como una chica mayor.

Tira del pelo de Ruth.

–Déjala –dice su madre.

Y se sienta a su lado.

Ruth la abraza. Camila se ríe, haciendo que el vaso de leche de la mesilla de Ruth se vuelque sobre la cama. La leche se derrama por el edredón. Camila se aparta. Se le ha manchado su bolso. Se enfada.

Su madre dice:

–No pasa nada.

La madre nunca se enfada. Nunca las regaña. Sonríe y retira el edredón.

–Me voy a hablar con mi novio –dice Camila. Se lleva su bolso. Lleva los ojos pintados de khol –. Le quiero mucho.

No es bueno querer tanto a nadie, piensa Ruth. No es bueno.

Abre y cierra los ojos.

¿Y si cuando cierra los ojos su madre no está?

Las pesadillas

Se despierta gritando. Es el sueño de las gruesas culebras otra vez. Las culebras se le enroscan en las piernas, en las caderas, en la cintura y el pecho. Aprietan. Aprietan y no la dejan respirar.

Se abre la puerta y entra el hombre. Es el hombre que mata culebras. Mata a las culebras con un palo. Luego se acuesta al lado de Ruth y la aprieta contra sí. La rodea con los brazos. Aprieta más. Más.

–¿Eres Jesús? –le pregunta.

El hombre sonríe mostrando sus encías. Tiene los dientes blancos. Brillantes. Duros como cucharas.

Ya no teme a las culebras. Ahora tiene miedo de él.

Cuando se calma, el hombre se va.

El entierro

El entierro es en otra ciudad. Van en tren. Camila, el padre y Ruth. El tren se para, suben estudiantes, oficinistas, empleadas de hogar.

Le piden al padre los billetes. El padre los entrega. Va vestido con una chaqueta negra, una corbata negra y un abrigo negro también.

Se bajan en la ciudad de la madre, donde la madre nació. Está situada en la costa. El aire huele a salitre. Es una ciudad pequeña, no hay más que una iglesia. Se llega caminando al cementerio en diez minutos desde la estación.

Ven cómo sale la gente del servicio religioso anterior.

Entran. Camila, el padre y Ruth. Se sientan en un banco. El padre cierra los ojos. Camila también. Ruth no. Mantiene los ojos abiertos, huele el olor a incienso.

La iglesia es vieja y huele a humedad. Frente a ellos, detrás del altar, hay una prominente cruz. Solo eso. Una cruz. Podría precipitarse sobre ellos, sobre las filas de bancos. Pero no se cae.

Ruth decide confiar en la cruz.

El pésame

La iglesia se ha ido llenando poco a poco. Ruth mira a su alrededor. Hay una docena de hombres vestidos con abrigo negro, como su padre. Algunos solo llevan negra la corbata. Muchas mujeres, de negro también. Mujeres iguales a mamá. Mujeres que han acudido al entierro de mamá.

Al otro lado del pasillo que está a su derecha, en la primera fila de bancos, hay sentada una mujer. Ruth solo ve su espalda. Tiene el pelo oscuro y va vestida de negro. Sus hombros suben y bajan de manera casi imperceptible. Quién será. Será la Virgen.

Es la virgen, sí, piensa Ruth.

En un altar lateral, un poco apartada de los demás, hay una monja.

La música de órgano, que sale por un altavoz, cesa de repente cuando aparece el sacerdote.

El responso se prolonga unos minutos nada más. Cuando acaba, viene la gente a besar a su padre, a Camila y a Ruth.

Dicen:

–Lo siento mucho.

Dicen:

–Qué desgracia más grande.

Dicen:

–Esto no tenía que pasar.

Ella mira con curiosidad. ¿Por qué dicen eso?

–¿Quién eres tú? –dice una mujer–. ¿Eres Camila?

–Me llamo Ruth.

–Ah, la pequeña. Pobrecita.

Ruth guarda silencio.

Un hombre dice:

–Eres médico. Coraje. Estás preparado para la adversidad.

–No lo creas –dice el padre.

Mira a Camila y a Ruth.

–Al menos, no para todo.

La esposa del hombre adelanta la mano. Dice:

–Coraje. Te acompañamos en el sentimiento.

Ruth contempla la mano de la mujer. Cuando la aparta de la de su padre, la muerde.

La mujer ahoga un grito y la mira con rencor.

Su padre le da un bofetón.

–Debe de estar trastornada.

–Es comprensible –dice la mujer.

–Sal de aquí.

Ruth se aparta.

Una mano la intercepta por el hombro. Es Camila.

–Anda, idiota. Ven.

Ruth la sigue fuera de la iglesia. En la calle hace frío. ¿Por qué no viene su madre?

Ahora se ha puesto a llover.

Camila dice:

–Ven, vamos a resguardarnos.

Van a un bar. Su hermana pide café al hombre del bar. El hombre del bar sonríe a Camila y Camila le sonríe a él.

–¿Y la niña?

–Un vaso de agua, por favor.

El hombre obedece y deja un vaso de agua delante de Ruth. Los ojos le brillan.

–¿Se te ha pasado ya? –le dice su hermana.

Ruth no contesta.

El hindú

Crece.

De todas formas sigue siendo la misma. Las mismas pesadillas. La misma enfermedad.

Se sube al autobús. Viaja de pie en la parte central, aplastada contra la ventanilla, con la bolsa de la compra pegada a las pantorrillas. De cuando en cuando, una nueva avalancha de gente entra en el autobús. Se marea.

Al anunciarse su parada, se abre paso hacia las puertas. Le clava el codo a una mujer. En las escaleras, un hombre da un traspiés y está a punto de caer. Nadie lo ayuda. Cuando se acerca, el hombre se va.

A la salida del ambulatorio de la Seguridad Social, dos policías examinan la documentación de un anciano. Lleva un gabán raído y debajo, un caftán. Lo reconoce. Es el mendigo de la puerta del ambulatorio. El hindú.

El policía lo señala y el hindú se lleva la mano a la barba. El pulso le tiembla. Cuando el policía le entrega su documentación, la cartera se le cae.

Se agacha a recogerla y se la da. El hombre le dice:

–Gracias, señorita.

Ruth le dice al policía:

–¿Qué ha hecho?

–Apártese, señora.

–¿Qué ha pasado?

El policía interviene otra vez:

–No se meta o tendremos que llevarla a comisaría a usted también.

–¿A mí? ¿Por qué?

Los policías miran a Ruth:

–No se busque problemas.

El hindú se saca un pañuelo del bolsillo y se seca la boca con él.

Dice:

–No se vaya, señorita.

El policía tira de él y le da un empujón.

–Tú cállate.

Ruth interviene:

–¿Por qué lo tratan así?

El policía se saca unas esposas del cinturón.

–Si tanto le preocupa, venga también. Hay que ser idiota para enfrentarse a la policía.

En comisaría, un sargento le pregunta su nombre y lo escribe en el ordenador.

–¿Dónde vive?

Ruth se lo dice.

El sargento le hace narrar lo ocurrido. Cuando acaba de escribirlo todo en el ordenador, el sargento lo imprime y se lo hace firmar.

Señala el bolso de Ruth y le pregunta:

–¿Qué lleva ahí?

–Solo objetos personales.

–Démelo.

Se lo da.

El sargento lo registra y saca su identificación. La examina y luego mira a Ruth.

–Aquí dice que es usted monja. ¿Es verdad?

Ruth le dice que sí.

–¿Por qué no lo ha dicho antes? Todo esto tiene que ser un error.

Llama por el interfono y otro agente abre la puerta y entra en el despacho.

El sargento le ordena:

–Dejen libre a esta mujer. ¿Cómo íbamos a saberlo nosotros? De haberlo sabido no le habríamos causado complicaciones.

Mientras rompe el informe que Ruth acaba de firmar, el sargento le dice:

–Le pido perdón, madre.

–No hace falta que me llame madre.

Le da las gracias y se va.

Un pensamiento recurrente

Camila ha dejado los restos de la cena sobre la mesa, la tele encendida y el rosario encima del brazo del sofá. Se ha acostado ya.

Ruth lleva los restos de comida a la cocina, guarda el rosario y se sienta en el sofá. No tiene hambre. Después de mirar la tele, pone un poco de música. Después reza.

Antes de acostarse, toma la medicación. Piensa momentáneamente en la muerte. En su muerte. No tiene miedo de morir y nadie la obliga a pensar en la muerte. Es solo un pensamiento recurrente. Se ha acostumbrado.

El teléfono está en la mesilla de noche. Levanta el auricular. Nadie ha llamado.

Se acuesta. En la cama, la suavidad de las sábanas le hace pensar en caricias. Se acaricia hasta darse placer.

La conversión

Un niño viene a preguntarle quién es Saulo.

–¿Saulo?

El niño lo ha leído en uno de los libros que ella les da.

–¿Quieres saber quién era Saulo? Pues era un santo –dice Ruth.

Ruth le dice que la de Saulo es una de sus historias favoritas.

El niño pone los ojos en blanco. Haciendo chanza.

Ruth se enfada. Dice:

–Saulo jugaba al baloncesto.

Los mismos ojos la miran ahora atentos, sin expresión.

–Era grosero. Era bruto. Era irrespetuoso y fiero. Como vosotros.

El niño está pendiente de otros que han salido a jugar.

–Vete, anda.

El piso de Camila

El piso de Camila es una vivienda social. Es interior, con ventanas a uno de los patios. Mientras tiende la ropa, Ruth las mira. A través de una de ellas se ve a una mujer que está planchando en una habitación. A través de otra, a una anciana que dormita. También hay un niño que hace los deberes bajo la luz de un flexo, con un perro que mueve la cola a sus pies.

Desde la ventana de enfrente, al otro lado del patio, un hombre la observa. Una pequeña barba le cubre parte del mentón. Una barba de caíd. Cuando Ruth lo mira, levanta la vista hacia el trozo de cielo que se ve desde allí.

Ruth lo mira también.

El hombre de la ventana

Al día siguiente, el hombre está de nuevo allí.

Se quita una pipa de la boca y le pregunta:

–¿Es usted monja?

Ruth responde:

–Sí. ¿Cómo lo sabe?

El hombre muerde la pipa y desaparece en el interior.

Al día siguiente, Ruth se lo encuentra en la calle. Lleva una muleta. Cojea al andar. Lleva una bolsa de la compra en la mano libre y está metiendo la llave en el portal.

–¿Puedo ayudarle? –le pregunta Ruth.

–Sí –dice él, tendiendo la bolsa hacia Ruth.

Ruth le coge la bolsa y abre la puerta del ascensor. Bajan en la misma planta. Delante de su casa, el hombre se gira hacia ella.

–¿Quiere pasar? –le pregunta.

Ruth vacila.

–No se asuste –dice el hombre–. No la voy a asesinar.

Ruth lo sigue adentro.

La casa del hombre es más grande que la de Camila. Tiene balcones a la fachada exterior.

El hombre cojea del pie derecho, que parece girado hacia dentro. Lleva la compra a la cocina y luego le hace seguirlo a una habitación que huele a pelo de animal. Efectivamente, al instante, un gato sale de la oscuridad y pasa entre las piernas de Ruth.

El hombre abre un armario y saca una caja llena de piedras. Ruth se extraña.

–No me mire así.

El hombre coge una a una las piedras de la caja y las pone sobre la mesa.

–No son simples piedras –dice–. Esta de aquí es de la Meca. Esta otra, de Tierra Santa. Y esta, del Partenón. Ya ve, no soy un fanático.

Ruth las observa. Ahora que lo sabe, le parece interesante. Pero aun así, son solo piedras.

Encima de un mueble hay una fotografía enmarcada de dos mujeres. No se les ve la cara, la llevan cubierta con un velo.

El hombre le explica a Ruth:

–Son mis madres.

Ruth no comprende.

–Mi religión permite a un hombre casarse con más de una mujer. Pero eso usted ya lo sabe.

–Sí, ya lo sé.

–Es, seguramente, una costumbre bárbara para usted. Una monja. Aunque, por otra parte, usted está casada también. Con Dios, de acuerdo con su religión. ¿Eso no es bárbaro?

Ruth le pregunta:

–¿Cuál de las dos es su madre?

El hombre mira la fotografía.

–Las dos.

Antes de marcharse, Ruth le pregunta:

–¿Qué le pasó en el pie?

Él lo mira también.

–Un accidente.

–Vivo enfrente. Si necesita algo…

–No soy un inválido. Puedo valerme por mí mismo.

–No pretendía insinuar lo contrario –dice ella.

El hombre se la queda mirando sin responder nada.

–¿Cómo se llama? –le pregunta a Ruth.

–Ruth. ¿Y usted?

–Omar.

Ayudado por la muleta, Omar echa a andar hacia el pasillo. Delante de la puerta se detiene, abre para que Ruth pueda salir. Ruth se queda mirando la pared. Detrás de la puerta hay colgado un retrato de Omar, un poco más joven que ahora, vestido con un caftán blanco y un bonete. El hombre se vuelve a mirarla también.

–Era mi oficio.

–¿Qué oficio era ese?

–Imán. Algo parecido a un guía espiritual.

–¿Y ya no lo es?

–Ya no.

El refugiado

Al hombre al que está entrevistando lo han enviado al convento del consulado. Está despeinado y tiene los dientes disparejos. Lleva toda su ropa en un hato.

Ruth examina su documentación.

Le dice:

–¿Por qué quiere quedarse a vivir aquí?

El hombre grita.

–País en guerra. No quiero volver.

–¿Y su familia?

–Familia queda allí.

Ruth le explica que solo puede ayudarlo si su vida corre peligro volviendo.

Le pregunta al hombre:

–¿Corre su vida peligro si vuelve allí?

El hombre responde:

–Sí. Vida amenazada por minas. Bombas. Pistolas.

–¿Por qué no vino su familia con usted?

–Mi mujer y mi hija deshonradas. Violadas por soldados.

Ruth insiste:

–¿Por qué las abandonó?

El hombre se extraña:

–¿Abandonó?

–¿Por qué las dejó allí?

El hombre abre mucho los ojos.

–Yo no querer luchar. Yo no odiar nadie. Solo querer vivir.

Conduce al hombre al refectorio, donde algunas hermanas le han servido algo de comer.

Al sentarse frente a la comida, el hombre la mira con recelo. Escupe en el suelo.

Omar

Se asoma a la ventana del patio a fumar. No debería fumar. Pero lo hace. Y qué más da.

Las ventanas iluminadas dejan escapar la luz. También flota en el aire el olor de la comida. Y los sonidos de cubiertos al entrechocar.

El hombre aparece en la ventana. Omar.

Le dice a Ruth:

–Buenas noches.

Ruth contesta:

–Buenas noches, Omar.

La cara de Omar es como un mapa. Llena de arrugas. No es joven. Tampoco mayor. Sus ojos, almendrados y oscuros, carecen de expresión.

–Parece cansada –le dice a Ruth.

Ruth sonríe.

Omar golpea su pipa contra el alféizar de la ventana. Le dice, más que preguntar:

–Nunca lleva hábito.

–No –dice ella.

–Creía que las monjas llevaban hábitos.

–Todas no.

–Y que vivían en conventos.

–Algunas sí.

Después de un silencio, el hombre vuelve a preguntar:

–¿Quién es la anciana que vive con usted?

–No es ninguna anciana. Es mi hermana.

–Parece mucho mayor que usted.

–No es tan mayor. Ha estado enferma.

–¿De qué?

Ruth aplasta el cigarrillo contra el cenicero que ha traído con ella.

–Es usted muy curioso.

–Si le preocupa, no la molestaré más.

–No me molesta. Puede preguntar.

–¿Cómo se llama su hermana? ¿Y por qué está enferma?

–Se llama Camila. Y no está enferma, en realidad. Es toxicómana.

Omar la contempla como si su respuesta no fuera suficiente para él. Al cabo de un instante, pregunta:

–¿Dónde trabaja?

–¿Mi hermana?

–Usted.

–En un convento.

–¿Qué hace usted en el convento? ¿Cuál es su función?

–¿Mi función?

–Sí. Su ocupación. Algo debe de hacer para ganarse la vida. No creo que sea solo rezar.

–No. No es solo rezar.

–¿Qué hace para vivir? ¿Cómo gana dinero?

–Soy una especie de trabajadora social. Trabajo con niños. Entrevisto a personas.

–¿Qué clase de personas?

–Refugiados.

–¿Para convertirlos?

–En absoluto.

Omar entorna los párpados.

–No la creo. ¿Para qué los entrevista?

–Debo decidir si se pueden quedar.

–¿Usted? ¿Usted sola debe decidir si se pueden quedar?

–Bueno, mis informes ayudan a tomar esa decisión.

Omar sacude la cabeza.

–Hace falta valor para decidir una cosa así. Para decirle cara a cara a un pobre diablo que se vuelva a su país.

–No suelo recomendar eso.

–Por supuesto. La caridad cristiana.

Ruth retira el cenicero del alféizar y hace amago de marcharse.

–Yo no podría hacerlo –dice Omar.

–Podría. Se acostumbraría.

–No lo creo.

Omar golpea la pipa contra el trozo de fachada que hay junto a él.

–No querría.

El libro

Camila quiere darse un baño. Ruth la ayuda a desvestirse. Está delgada como un palo y tiene la piel áspera y arrugada de una mujer mayor.

A veces, a Ruth le resulta doloroso mirarla. Cuando eran niñas le daban envidia sus pechos. Grandes, opulentos, de piel tersa e increíblemente blanca. Ahora siente cierta repulsión al contemplar sus muslos macilentos, separados, con el vello púbico emergiendo de ellos, y las costillas tan sobresalientes que parecen el esqueleto de un animal.

Entra en la bañera cuando está casi llena y se sienta en el fondo con mucho cuidado para no resbalar.

Mientras Ruth le frota la espalda, le dice:

–Está tibia.

Ruth abre el grifo del agua caliente. Toma la esponja y frota el hombro de Camila. Camila le quita la esponja y se frota ella misma. Lleva el pelo retirado de la cara, recogido en lo alto de la cabeza con una goma. Tiene el rostro antiguo de un mártir.

A veces, Ruth ve el rostro de su madre en él.

–¿Cómo vas con tus santitos? –le pregunta–. ¿Has acabado ya?

–Aún no.

–No sé para qué te molestas.

Ruth se sienta en la banqueta y sonríe.

Camila sacude la cabeza.

–Un libro de santos –dice–. Qué ocurrencia. ¿A quién va a interesarle en nuestros tiempos un libro de santos, mujer?

–No es un libro de santos –dice Ruth.

Son conversiones de mujeres valientes. Ejemplares.

Recuerda el pasaje de Mateo donde Jesús exhorta a hacer el bien. «Pero no lo digáis a ninguno».

Y dice:

–Cosas de monja.

–Qué ocurrencia –repite Camila.

Las culebras

No siempre son culebras. A veces se transforman en serpientes. O reptiles. En el sueño, solo el hombre se mantiene igual.

A veces no viene a ayudarla y es ella quien debe espantarlas. Entonces se pone de pie sobre la cama. Grita.

Una enfermera viene al oírla gritar.

–¿Pero qué pasa aquí, niña?

Su padre viene también. Está enfadado con Ruth.

–Ya no eres tan pequeña, Ruth –la reprende.

–¿Dónde está? –pregunta ella.

–¿Dónde está quién?

–Mi madre.

Su padre se sienta en el sillón frente a la cama.

–Enterrada en el cementerio, Ruth. ¿Dónde va a estar?

–¿Vendrá pronto, papá?

–Deja de hablar como una loca, Ruth. No quiero volverte a oír hablar así nunca más.

El vicario

Entra en el edificio junto al río. Lleva diez años trabajando allí, está cansada. En la entrada, bajo la moderna cruz de aluminio, dos hermanas con hábito de otra congregación hablan entre sí.

Hay placas indicando las diferentes dependencias junto a las escaleras y el ascensor.

«Capilla». «Comedor». «Secretaría».

Nada más bajar del ascensor, una placa negra con letras blancas indica: «Órgano Rector».

Llama a la puerta.

Una hermana joven levanta la cabeza de la mesa. Se pone de pie y saluda con la cabeza a Ruth. Ruth saluda y dice:

–Buenos días. Vengo a hablar con la madre superiora.

–¿La espera a usted?

–Me parece que sí. Soy la hermana Ruth.

La monja consulta un papel.

–Aquí está, sí.

La joven se rasca la cabeza por encima de la toca.

–Aguarde un momento.

Levanta el teléfono y sale del despacho:

–Venga. Es por aquí.

Llama a una puerta en la que pone: «Abadesa». Entran. Una mujer gorda y bastante mayor, con hábito talar, está sentada detrás de un escritorio.

–Se trata de un traslado.

–Ah, sí. Entre, hermana.

La monja joven se va.

Ruth entra, saluda y se queda de pie.

–Hable. De qué se trata.

Ruth le dice a la madre que está cansada de trabajar en un despacho.

La madre le pregunta:

–¿Qué quiere hacer?

Ella contesta:

–Quiero ser transferida a la Misión.

–¿A la Misión? ¿Y por qué?

–Para ayudar a esa gente de verdad.

La madre dice:

–Ya los ayudamos aquí.

Ruth contesta:

–No los ayudamos. Solo les ponemos películas, les damos de comer.

–¿Y no considera eso ayudar?

–Les damos esperanzas y luego, a la mayoría, se los devuelve a su país. Yo quiero hacer más.

–¿Y por qué quiere hacer más?

–No me gusta ver sufrir a esas personas. No me gusta que se maten entre sí.

–¿Y piensa que si va allí podrá impedirlo?

–No lo sé. Pero quiero probar.

–Conque quiere probar.

La madre se echa en la silla hacia atrás.

–¿Pero qué se ha creído, hermana? ¿Cree que usted sola podrá hacer algo que no se haya hecho ya?

–No lo sé, madre. Me gustaría intentarlo. Nada más.

–Así que nada más. Y nada menos, vamos. Veo en su historial que siempre ha trabajado en el convento.

–Sí.

–Usted no está entrenada. No está en condiciones de servir en la Misión.

Ruth replica:

–Me entrenaré.

–Eso es fácil de decir.

–No para mí. Sé lo que me digo. Cuando digo algo, lo llevo a cabo. Cueste lo que cueste.

La madre superiora la contempla con desdén.

–Pero cuánta soberbia hay en usted.

–No es soberbia. Es vocación.

–Vocación y un cuerno –dice la madre.

Al rato, se levanta:

–Venga. Bajaremos un piso.

Toman el ascensor. La madre llama a una puerta en la que pone: «Delegado Episcopal». Entran. Un hombre joven está escribiendo detrás de un escritorio.

La madre le tiende el expediente de Ruth.

–Se trata de una petición de traslado.

–Ya me ocupo yo. Déjenos.

La abadesa sale y el hombre se levanta y tiende la mano a Ruth.

–Buenos días –dice–. Soy el vicario.

–Soy la hermana Ruth.

–Lo sé. Tu padre es médico, ¿verdad?

–¿Cómo lo sabe?

–Fui capellán en el hospital unos años. Esta es una ciudad pequeña, todos nos conocemos. Estoy contento de poder ayudarte. Siéntate. ¿Quieres un cigarrillo?

–No, gracias.

El vicario examina el expediente de Ruth.

–Veamos. Aquí dice que quieres dejar tu trabajo en el convento.

–Estoy cansada de este trabajo. Quiero hacer más. Vivir entre los necesitados. Ayudarlos.

El vicario sonríe:

–Eso es muy idealista, Ruth. Y muy noble. Ciertamente, se trata de valores muy apreciables en una religiosa. En la Iglesia se necesita gente como tú. Repasaré tu expediente y recomendaré tu traslado.

El vicario saca una solicitud.

–¿Y qué deseas hacer exactamente, Ruth?

–Sé que hay escasez de personal en la Misión.

–¿Has recibido entrenamiento?

–No.

–No importa. Te mandaremos a uno de nuestros campamentos. Veamos. ¿Deficiencias intelectuales? Es evidente que no. ¿Taras físicas? Tampoco. ¿Alguna enfermedad importante?

Ruth dice:

–Si. Padezco una enfermedad importante.

–Es cierto. Lo dice aquí, en tu expediente. Sin embargo, no veo que eso te importe. ¿Es así?

–Desde luego.

–Me alegro mucho, Ruth. Muchos otros alegarían cualquier pretexto con tal de no acercarse a una zona de conflicto.

–Yo no.

–Ya lo veo. Me hace sentir admiración por ti. Pues en cuanto acabes de rellenar estos papeles, cursaré tu solicitud.

Ruth dice:

–Muchas gracias, vicario.

–Llámame padre Lázaro.

El vicario se acerca a Ruth y le tiende los formularios. Pone la mano en su hombro y la deja allí, apretando suavemente.

Ruth la mira. Luego aparta los ojos de ella y se va.

Melania la Mayor

Se sienta a escribir. Melania la Mayor. Hispania, 323–Jerusalén, 410. Melania la Mayor fue una de las Madres del Desierto, escribe. Melania se había casado con un procónsul romano. En un viaje, durante la epidemia de peste, lo vio morir. A él y a todos sus hijos menos uno. Entonces renunció al mundo y viajó a Palestina, donde fundó dos órdenes monásticas que ella misma administró.

Ruth cierra los ojos. Se levanta de la mesa y abre la ventana de par en par. Entra frío. Del otro lado del patio, sobrevolando la ropa tendida en las cuerdas, llega el olor a curry de la cocina de Omar.

El cuerno de Camila

Van de visita al centro donde vive Camila. Han viajado toda la noche. Su padre lleva una maleta pequeña con ropa nueva para Camila. Ruth lleva el cuerno de una cabra con el que Camila y ella jugaban cuando eran más pequeñas. Solían pelearse por él. Piensa dárselo a Camila.

De vez en cuando, Ruth mira por la ventana y ve pasar una montaña. Luego, un sendero. Luego, una gallina. Luego, un trozo de bosque. Luego, campos sembrados y más bosque.

Andan un buen rato.

La casa donde ahora vive Camila está lejos del pueblo, después de los casillos y las tapias. Ya en el campo. Aquí no hay taxis ni autobuses. Ni siquiera caballos, solo cabras. Las cabras balan todo el rato y suena como el llanto de muchos bebés llorando a la vez.

De vez en cuando pasa un tractor y su padre saluda con la mano. El conductor ni siquiera lo mira.

Ante la puerta de la casa, su padre le dice a Ruth:

–Quédate aquí. No hay necesidad de que entres tú también.

Ruth se queda en los escalones un rato y luego se cansa y rodea la casa varias veces. Es muy grande. Nunca ha estado en un sitio como ese y todo le llama la atención. La tela metálica de las ventanas. Los tiestos. Los trozos de conchas y cristales colgando del techo.

Oye a su padre hablar dentro de la casa con un médico.

La voz del médico dice:

–Es muy lista. Hay que tener mucho cuidado con ella. Sale de noche. A veces vienen a verla del pueblo. No vienen con las manos vacías.

La voz de su padre dice:

–¿Y cómo es eso? Si no son capaces de cuidar de ella, ¿para qué les pago?

–No somos policías.

–Pues deberían.

–Ignoro cómo se las habrá arreglado para contactar con ellos. Pero no volverá a ocurrir, descuide.

Su padre dice:

–No, eso se lo aseguro. ¿Cuándo se recuperará?

–Eso no se puede saber. Tal vez nunca.

–No diga tonterías.

La otra voz dice:

–Su hija es una persona, no una máquina.

–Y ustedes médicos.

–Médicos. No magos.

Camila entra en la habitación. Ya no parece una adolescente, parece una señora. Parece más mayor que su madre cuando murió.

La voz de su hermana dice:

–¿Dónde está Ruth?

Su padre dice:

–Afuera.

–La última vez que la vi era muy pequeña. Ya se habrá hecho mayor.

Antes de que Camila salga, Ruth echa a correr por el campo y se aleja. Arroja el cuerno lejos de allí.

Los papeles

Han llegado los papeles del traslado. Ruth ha sido autorizada a ir a la Misión, donde también las fuerzas de la ONU se acaban de desplegar.

Camila dice:

–Estás loca. Allí solo va la gente a morir.

Ruth le pregunta:

–¿Te has tomado las pastillas?

Camila sacude la cabeza.

–¿Qué crees que vas a poder hacer tú? Allí no ha cambiado nada desde los años sesenta, desde que yo era pequeña. El mundo sigue igual. Qué asco.

Unos días más tarde, Ruth va a casa de su padre.

Le dice que pronto se marchará a trabajar a la Misión. Su padre no la cree.

Ruth dice:

–Aquí tienes los papeles. Compruébalo tú.

Aun así, su padre se opone. Opina que no hace bien. Le dice:

–Te olvidas de que estás enferma.

Ruth dice:

–Eso da igual. Me presenté a un examen médico y me consideraron apta.

Le muestra el certificado médico también.

Su padre ni siquiera lo mira. Dice:

–No estás preparada para ir a lugares como ese, Ruth. Por muy monja que seas. La vida no es una película.

–No lo es, es verdad. Pero he recibido entrenamiento. Estoy preparada para ir.

–¿Y tu hermana? ¿Vas a dejar sola a tu hermana?

Ruth dice:

–Se tendrá que acostumbrar.

Su padre dice:

–Deja esas tonterías, Ruth.

Pero no las deja. Inicia los preparativos del viaje. Se presenta ante el vicario una semana después.

El padre Lázaro la mira con satisfacción.

Dice:

–Tu padre estará orgulloso de ti.

Ruth dice:

–No lo está.

–¿Cómo es posible?

–No confía en mí.

–Porque eres monja. Muchos hombres lo ven así. Es su mentalidad.

–No es por eso. Mi padre me cree débil. Por mi enfermedad.

El padre Lázaro sonríe.

–Eso es que no te conoce. No te preocupes. Hablaré con él.

La conversión

–¿Está escribiendo un libro? –pregunta Omar–. Por la ventana la veo escribir.

–No es un libro –dice Ruth–. Recopilo biografías de mujeres.

–¿Qué mujeres?

–Mujeres que se convirtieron al cristianismo. En la Antigüedad.

Omar sacude la cabeza. La mira con dureza.

Dice:

–Que afán de convertir. Ustedes me dan miedo.

Ruth sonríe.

–Su religión lo predica también. Usted debería saberlo.

–No sea tan redicha.

Omar sacude unas migas de la mesa y luego dice:

–No piense que va a convertirme a mí también. Conmigo no podrá.

–No se preocupe, Omar. No se me ocurriría.

La culpa

Compra dos filetes en la carnicería y sube a preparar la comida para Camila y para ella.

Comen como de costumbre en el salón. Toman el postre y ven la televisión.

Camila se altera por lo que ve. Ruth no discute.

–Estás muy calmada, Ruth –dice Camila–. Cuando te veo así, casi me pareces una monja de verdad. A lo mejor debería estar tranquila dejándote marchar.

–Claro que sí, Camila.

Camila la mira por encima del tenedor.

–Mamá estaría orgullosa de ti –dice un momento después–. Aunque eso nunca lo sabremos, claro.

–Claro –repite Ruth.

Después, mientras retira los platos de la comida, Ruth le pregunta a Camila:

–¿Te acuerdas de cómo era mamá?

–¿Por qué me preguntas eso? ¿Es que tú no?

–Se fue muy pronto. No la conocí bien.

–Pues yo sí. Era mi madre ya antes de que nacieras tú.

–Lo sé. Y te envidio por ello, Camila.

Más tarde, cuando Camila regresa del centro social, le dice a Ruth:

–Ella sí que era buena persona.

–¿Quién?

–Mamá. Me dejaba ponerme su ropa, me acuerdo. Yo tenía dieciséis años cuando murió. Me quería mucho, Ruth.

Muchísimo. Ella nunca hubiera dejado que me pasara esto. Ni yo lo que le pasó a ella.

–¿Y a mí? –pregunta Ruth–. ¿A mí también me quería?

–Supongo que sí –dice Camila–. Por eso se mató, ¿no? Y pensar que aún seguiría viva de no ser por culpa tuya. Santurrona de...

Camila deja la frase sin acabar.

–Ya lo sé, Camila –dice Ruth–. Ya lo sé.

La visión

Tiene una pesadilla. Sueña que Camila se cae al río y se convierte en pez. Cuando Ruth se lanza tras ella en el río, comprueba que está lleno de peces. No sabe cuál de todos es Camila. No la puede salvar. Sabe que nunca la volverá a ver.

Cuando despierta, el dolor es tan lacerante como cuando estaba dormida. Se viste para ir a la biblioteca. Eso siempre la anima.

Va caminando a la universidad. En la biblioteca, recorre las filas de estanterías y escoge un libro en la sección de Religión. Siempre es bueno tener alguno nuevo para consultar.

Rellena la ficha de préstamo, sale y sigue caminando.

Llega a un parque y se sienta a contemplar a los pájaros. El parque es prácticamente cuadrado: medio kilómetro de un lado y un poco más del otro. En el centro hay una fuente moderna con tres caños. Los pájaros se posan allí a beber. Alguno se acerca dando saltos al banco donde está sentada Ruth, casi hasta rozarle los pies.

Las calles del barrio son amplias y limpias, de reciente construcción. Fue una suerte que a Camila le dieran el piso allí. No es un barrio residencial, pero está bien. Hileras de tiendas bajo soportales de ladrillo. Bancos de piedra. Farolas nuevas.

Allí, recostada contra el asiento del banco, la invade una extraña quietud. Cierra los ojos. Y entonces lo ve. Hacía mucho que no soñaba con él.

Va vestido de negro y lleva el palo. No ha envejecido, todavía es joven, como cuando soñaba de niña con él. Cuando se acerca, Ruth ve que, además del palo, lleva una culebra muerta en la otra mano.

–No tengas miedo –le dice a Ruth.

–¿Qué haces aquí?

–Ya la he matado. Ya no puede hacerte ningún mal.

Ruth no dice nada.

–¿No me das las gracias? –dice el hombre.

–Gracias –dice Ruth.

–¿Eso es todo? ¿Gracias nada más? ¿Es así cómo vas a recompensarme?

–Ya no soy una niña. ¿Qué quieres de mí?

–¿Qué habría pasado si yo no te hubiera librado de las culebras cuando eras niña? Dime. ¿Qué habría sido de ti?

–No quiero hablar –dice Ruth–. Vete.

–Habrías acabado como ella.

–Apártate de mí.

–Ella nunca recurrió a mí.

–¡Fuera, Satanás! –grita Ruth–. ¡Porque tú eres Satanás!

El hombre se ríe mostrando una hilera de encías húmedas y pulposas como marisco fresco.

El padre

Ruth va a comunicarle a su padre que el traslado es ya oficial. Se marcha dentro de un mes.

Su padre la recibe con frialdad. Prepara café y lo lleva al salón.

Le dice:

–Ese cura habló conmigo.

–Sí. El padre Lázaro ya me dijo que os conocíais. Aunque yo habría preferido que no lo hiciese.

Su padre contesta:

–Y yo también. Fue muy embarazoso. No es agradable que un extraño te diga lo que tienes que hacer. Y menos un cura. Era algo que nos atañía solo a ti y a mí. No debiste permitirlo.

–Lo siento, papá.

Su padre no la mira. Contesta:

–No lo sientas. De todas formas, yo me lavo las manos, Ruth.

–No tienes de qué preocuparte. Estaré bien.

–Es un suicidio.

–No es ningún suicidio, papá. Es mi compromiso.

–¿Tu compromiso? ¿Tu compromiso con quién?

–Con Dios. Con los demás. Se trata de compasión.

–No eres más que una santurrona.

–Soy cristiana. No lo puedes entender.

–Entiendo que si tu madre estuviera aquí haría lo posible por que no te fueras. Sé que, esté donde esté, desde allí me reprocha que no te lo impida. Siento que me culpa. Y no me gusta.

Ruth le dice:

–Mi madre está muerta.

–Ya lo sé.

–Nada va a hacerme cambiar de opinión, papá. Ni siquiera que hables de mamá. Seguro que a mi madre le habría gustado ver que estábamos de acuerdo en algo por una vez.

Su padre dice:

–Tal vez tengas razón. No tiene sentido que me preocupe más por ti, puesto que tú estás tan segura de ti misma.

Ruth dice:

–Te lo agradezco, papá. Pero no creo que haya nada más que decir. Me voy.

Su padre menea la cabeza.

–Que tengas suerte.

La aparición

La película de esta mañana es *San Francisco de Asís*. El loco de Asís, lo llamaban.

La sala, casi a oscuras, está hoy en completo silencio. Hay pocos niños. Algunos están durmiendo. Se caen de sueño, apenas ha amanecido aún. Además, estos de hoy acaban de ingresar en el centro de internamiento y tienen miedo de todo. De hablar. De moverse. De respirar.

Una hermana viene a pedirle a Ruth que vaya a sustituirla en la biblioteca. Ruth siente un ramalazo de fastidio. Se está bien en la sala, asistiendo a la conversión de San Francisco. El loco de Asís. Pero va.

La biblioteca huele a papel. A polvo. A humedad. Las estanterías son de Ikea. Sin embargo, el escritorio donde se gestionan los préstamos es una mesa de madera y metal, anticuada, de los años setenta. La silla, a juego, también.

Solo hay dos hermanas en la sala, cada una sentada lejos de la otra, que leen en silencio. Al cabo de un momento las dos, casi a la vez, se levantan y se van.

Ruth retira los libros que han dejado encima de la mesa y los devuelve a su lugar.

Luego se sienta.

Los párpados le pesan y el sueño la vence unos segundos después. Siente el sol de la mañana invernal en la cara. El calor tibio en la frente y la nariz. La luz derramándose en sus ojos, atravesando la piel.

Y de pronto lo ve.

Jesús.

Allí está, delante de ella. Con sus ojos inexpresivos, su boca perfecta y su pelo lacio y largo. De sus manos extendidas se desprenden rayos de luz.

Siente que se le aceleran el pulso y la respiración, y abre los ojos de golpe.

Es una loca, se dice. Una fanática y una loca. Alguien que ve a Jesús. Alguien que sueña que ve a Jesús.

Preferiría soñar con las culebras y el hombre.

Navidad

Es Navidad. Ruth se pone ropa deportiva y sale a correr. Cada mañana intenta correr diez kilómetros. Sale de casa y atraviesa el barrio de norte a sur. Pasa por el parque de árboles recién plantados. Pasa por la subestación eléctrica, con sus postes filamentosos, donde no se posa ningún pájaro. Pasa por el campito de fútbol y el estanque artificial.

Tarda poco menos de una hora en cubrir los cinco primeros kilómetros. Se cansa. A veces siente una aguda punzada en el pecho y regresa a casa andando. Muy despacio. Como si temiera que hubiera llegado la hora señalada. Su hora.

Tiene un carácter demasiado melodramático para ser monja, se dice.

En la cocina de casa huele mal. Camila ha dejado una cáscara de plátano dentro del cenicero repleto de colillas, entre una montaña de ceniza.

Ruth lo vacía. Abre la nevera y coge la botella de agua mineral. Bebe.

Se sienta un rato a escribir.

Intenta decir algo grande, conmovedor, acerca del personaje sobre el que está escribiendo, una santa medieval.

Pero no se le ocurre nada que decir sobre ella. Solo banalidades.

Enciende el televisor. Hay un concurso en el que las preguntas versan sobre geografía mundial. Ninguno de los concursantes responde bien.

Ella sí.

Capital de Estonia: Tallin.

Desembocadura del Sosva: río Obi.

Otra denominación de Tbilisi: Tiflis.

Al cabo de un momento se siente mejor. Físicamente, al menos.

Eva y su hijo

Es el último día del año. Por la ventana entra el ruido de la calle, la música de los bares, los gritos y los matasuegras.

Ruth cena con Camila. Cuando cambia el año, brindan con una copa de champán.

Camila se acuesta y Ruth guarda en una bolsa los restos de la cena para llevarlas al comedor social.

La niebla cubre la calle, donde ahora reina un silencio afelpado. Hace frío.

Se sube el cuello del abrigo y camina hacia el ayuntamiento. La sala del comedor está llena. Conoce a casi todos los que hay reunidos allí, la mayoría son de la ciudad. Sin embargo, esta noche hay algunos extraños. Varios sacerdotes. Dos mujeres eslavas con el pelo amarillo, y un nigeriano que no ha querido apartarse de su saco. Hay también unos niños, una adolescente y un niño muy pequeño, apenas se mantenía de pie, que han comido muy deprisa y se han marchado antes que los demás.

Ruth ayuda en la cocina con los platos, desea feliz navidad a los voluntarios y se va.

Está a punto de bajar las escaleras para dirigirse a su casa cuando oye un ruido. Se vuelve hacia los contenedores de basura.

Una chica está sentada en la acera. Está envuelta en una manta y contempla la calzada a través de la niebla. Bajo la manta se mueve algo.

Ruth se acerca y le pregunta:

–¿Quién eres? ¿Qué haces ahí?

Ella levanta la cabeza y Ruth reconoce a la adolescente que estaba cenando en el comedor.

Le dice:

–Ven.

Pasa el brazo libre alrededor de la manta y dirige a la chica hacia su casa. Bajo la manta camina otro par de pies.

En la cocina hace calor. La chica se sienta. Apenas aparta la manta, aparece un niño de uno o dos años nada más.

Ruth mete en el microondas el sobrante de la cena. El niño se sienta en el suelo a jugar. La chica mira a Ruth.

–Es mi hijo –dice–. Nos hemos escapado.

Ruth le pregunta:

–¿De dónde?

–Del centro de internamiento de extranjeros.

–Tendré que devolveros allí.

–No lo hagas, por favor. Nos iremos por la mañana.

Ruth le dice:

–No tenéis que iros. Hay una habitación libre en la casa. Podéis dormir ahí.

Ella levanta sus ojos negros hacia Ruth.

–Te lo agradezco. ¿Cómo te llamas?

–Me llamo Ruth. ¿Y tú?

–Sveva. Pero puedes llamarme Eva.

–¿Y él?

–Él se llama Tarik.

Ruth le muestra la habitación.

–Deja tus cosas ahí. Ven a la cocina a cenar.

En la cocina, el niño sigue jugando. Ruth le pregunta a Eva:

–¿Tu hijo ya puede comer sólidos?

–Sí.

Ruth pone en la mesa un plato para Eva. Al niño le da unas galletas.

Eva come la carne con las manos. Ruth dice:

–Come con tranquilidad, hay más. Yo ahora voy a salir, enseguida vuelvo.

En el descansillo, llama al timbre de la puerta de Omar.

Omar le dice:

–¿Qué quiere?

–Nada. Solo quería desearle feliz Navidad.

–No sea tonta. La Navidad no significa nada para mí. ¿Qué ha venido a buscar?

Ruth vacila antes de hablar.

–He recogido a una muchacha y a su hijo en la calle. Creo que practican su religión.

Omar se ríe:

–¿Y eso qué? ¿Cree que es asunto mío lo que les pase a todos los que practican mi religión?

Hace amago de cerrar. Ruth detiene la puerta con la mano.

–Hable con ella, Omar.

Omar coge las llaves y entra renqueando con su muleta en casa de Ruth.

Eva está dormida en la silla. Se sobresalta cuando les oye entrar.

Omar pronuncia unas palabras en un idioma extranjero y Eva lo mira con temor.

Ruth se sienta frente a ella:

–¿Dónde está el niño? –le pregunta.

–Lo llevé a acostar.

Sirve leche en unos vasos y le da uno a Eva y otro a Omar.

–Bébete esto –le dice a Eva.

–No soy una niña. Preferiría beber otra cosa. ¿No tienes café?

Ruth prepara café y se lo da. Eva bebe mientras mira fijamente a Omar. Cuando acaba el contenido de su taza, empieza a desnudarse.

–¿Qué haces? –le pregunta Ruth.

–Me ha llamado ramera en el idioma del Corán –dice señalando a Omar–. Para eso lo has traído, ¿no?

Ruth se espanta.

–¡Vuélvete a vestir!

Ella obedece sin apartar los ojos de Omar. Omar la mira con desprecio. Le dice una palabra en su idioma, apenas un susurro, y ella aparta los ojos de él.

Después, Omar se bebe la leche y se va.

Cuando se quedan a solas, Ruth le pregunta a Eva.

–¿Cuántos años tienes?

–Dieciséis. ¿Y tú?

–Casi el triple. ¿Qué ha pasado? ¿De dónde venís tu hijo y tú?

–De donde todo el mundo. Del Este.

–¿Y su padre?

–No sé quién es. Pero eso da igual. Cuando nació, nos marchamos. Huimos mucho tiempo y llegamos a un campamento de refugiados.

–¿Y durante todo este tiempo has cuidado tú sola de él?

–Sí. Aún no sabe hablar. Creo que es deficiente.

–No digas eso.

–Es una carga. Sin él habría conseguido ya lo que quiero.

–¿Y qué quieres?

–Vivir bien. Otros muchos viven bien. Yo también quiero vivir bien.

–Hay gente que vive peor.

–No me importa. –Eva la mira entornando los ojos–. Tú vives muy bien.

Ruth sale y regresa con dinero.

–Toma. Cada día te daré algo por ayudarme.

–En qué.

–Te pagaré por tu trabajo.

Eva lo coge sin remilgos. Dice:

–Haces bien en tenerme miedo.

–No te tengo miedo, Eva –dice Ruth–. Es compasión.

–Trágate tu compasión.

Refugiados

En vez de dirigirse al centro de internamiento, Ruth va a ver al padre Lázaro. Vagabundea un rato por las calles, y al final entra en el edificio presidido por la gran cruz. El *hall* está casi desierto. Ruth se apoya en el muro, junto a la escalinata y una mano le toca el hombro. Es el padre Lázaro.

El vicario dice:

–Ven, Ruth, sube.

En su despacho, la hace sentar. Él toma asiento frente a ella.

–¿Qué puedo hacer por ti?

–He venido a pedirle un favor.

–Pues tú dirás. Ya sabes que si está en mi mano, lo haré encantado.

Ruth le habla de Eva y Tarik. Le dice que no ha acudido al centro de internamiento por miedo a que expulsen a Eva del país.

–Es menor, solo tiene dieciséis años. Pero es madre, así que me temo que no la creerían.

El padre Lázaro dice:

–Pobrecilla. Lo peor es que, según lo que cuentas, se volverán a escapar.

Ruth pregunta:

–¿Qué podemos hacer?

El vicario saca un cigarrillo.

–¿Cuánto tiempo puedes tenerlos en tu casa?

–Solo hasta que me vaya a la Misión. Después, tal vez puedan quedarse en el convento.

–No lo sé. Déjame que lo consulte. Yo me ocuparé.

El padre Lázaro enciende el cigarrillo y se levanta. Rodea la mesa para reunirse con Ruth y pone la mano en su hombro.

Ruth se aparta. Se pone en pie y dice:

–Me tengo que ir.

La convivencia

A Camila no le gusta Eva. En cambio, Eva enseguida se siente atraída por su hermana. Por el matiz canalla de su voz. Por su forma de vestirse. Por su desgana y su acento despectivo. Ruth detecta enseguida la corriente de admiración.

Y siente celos.

Como forma de expiación se vuelca más en el trabajo. En el convento se ofrece voluntaria para hacer las guardias nocturnas. Le pide a Omar que la deje ir a limpiar su casa.

–Usted no va a limpiar mi casa –dice Omar.

–Está sucia. Necesita un buen repaso.

–Eso no es asunto suyo. Además, no es su trabajo. Es el trabajo de un sirviente. O de una esposa.

–Qué más da quién lo haga.

No puede convencer a Omar de que la deje limpiar y envía a hacerlo a Eva. Le paga por ello. Más de lo que le pagaría a un profesional. Eva se gasta parte del dinero en comprar tonterías. Ropa. Golosinas. Una radio que escucha por las noches cuando se va a dormir.

A pesar de todo, Ruth se siente bien. Siente que es así como debe ser.

La madre

Es pequeña. La enfermedad le hace entrar en coma. Pasa en coma dos años en total. Cuando despierta, su madre ya no está en la habitación.

Le pregunta a una enfermera:

–¿Dónde está mi madre?

La enfermera pega un salto.

–¡Virgen santa! ¡Has despertado!

La enfermera sale corriendo y vuelve acompañada del médico y de su padre.

Su padre la abraza mientras llora.

Ruth pregunta por su madre otra vez.

–Anoche estaba aquí.

La enfermera ríe a carcajadas:

–¡Alma de cántaro! ¡Has estado en coma dos años! ¿Cómo hablas de anoche? Ni siquiera estás ya en el mismo hospital.

Ruth mira a su alrededor. Es verdad, no es el mismo hospital. La habitación es distinta. Esta tiene las paredes cubiertas de papel pintado y hay cortinas en las ventanas. También hay un aparato de televisión.

Ruth pregunta por su madre. Su padre dice:

–Vendrá más tarde.

El médico le toma el pulso. La temperatura. La tensión. Vienen dos enfermeras más y le sacan sangre.

Al día siguiente ya puede levantarse a hacer pis. Aun así, le traen el desayuno a la cama.

Ruth pregunta otra vez por su madre. Su padre ladea la cabeza y dice:

–Ya la verás. Ahora, lo que debes hacer es ponerte bien.

El sitio donde se encuentra no es un hospital, es una residencia para enfermos crónicos. Ha pasado los dos últimos años allí, dormida. En ese tiempo le ha cambiado la voz. La cara. El pelo. Ahora lo tiene rizado. Y la nariz, más larga. No es más guapa, pero tiene los pechos más abultados, como Camila. También es tan alta como Camila.

Ruth vuelve a preguntar por su madre.

Su padre se mira las puntas de los pies.

–Tu madre ya no está.

–¿Dónde está?

–Se marchó.

–¿Adónde?

–Al cielo, Ruth. Murió.

Su padre levanta los ojos hacia Ruth.

Ruth pregunta:

–¿Cómo murió?

–Se mató.

La medicación

Se despierta envuelta en sudor. Su habitación está inundada por la luz. Ha dormido durante toda la noche y parte del día. Se cambia la camiseta empapada, se lava la cara y hace pis.

Al tirar de la cadena ve que hay sangre en el fondo de la taza.

Se arrodilla junto a la cama. Reza. Se toma la medicación.

Va a la biblioteca en busca de un libro. No se trata de uno de los suyos esta vez, sino de una novela. No la encuentra y le pregunta al bibliotecario por ella.

El bibliotecario dice:

–Es un libro muy popular. No nos quedan ejemplares de préstamo.

Ruth escoge otro libro. Vuelve con él y le da su carnet. El bibliotecario lo escanea. Pregunta:

–¿Quiere que le reserve el otro cuando vuelva a estar disponible?

Ruth le dice que no.

El hombre le devuelve el carnet.

Cuando llega a casa, Ruth se sienta en la cama. Abre el libro e intenta leer. El corazón le late a toda velocidad. Ha caminado demasiado. En el armarito del baño, junto a su medicamento, está también el diazepam. Toma dos comprimidos.

Una hora más tarde no siente nada. Solo una nebulosa que incluso le hace ver borroso. No puede leer.

Reyes

Es la mañana de Reyes. Ruth le ha comprado un pijama a Camila. También le ha comprado otro a Eva, y un cochecito eléctrico a Tarik.

Lo pone todo debajo del árbol y va a despertar a Camila. Camila no se encuentra muy bien.

–Voy a llamar al doctor –dice Ruth.

Camila la detiene.

–No llames a nadie, alma de cántaro, que no me voy a morir. Solo estoy un poco cansada.

–¿Por qué? ¿Es que Eva no ha hccho su trabajo?

–Ya lo creo. Limpió el polvo, barrió y fregó. Hizo la colada y la tendió. Se ve que está acostumbrada a trabajar.

–¿Entonces?

–Es que anoche estuvimos hablando.

–¿Eva y tú? Pero si te fuiste a la cama temprano.

Camila sonríe:

–Vino a verme. Me despertó. Me habló de su vida. –Camila sacude la cabeza–. Pobre chica.

Ruth mira a Camila.

–Sí, es verdad. Pobre chica. Me alegro de que os llevéis bien.

La confesión

Sentadas alrededor del árbol, toman chocolate caliente mientras abren los regalos. A Tarik, el cochecito eléctrico le gusta tanto que no deja de perseguirlo por toda la casa.

Eva se prueba el pijama. Le queda bien.

–Tienes que cortarte el pelo –le dice Ruth.

Eva la mira sonriente.

–Me gusta llevarlo largo.

–Te hace parecer mayor.

–Soy mayor.

–No es eso. Quiero decir, adulta.

–Soy adulta.

Más tarde, Tarik y Camila duermen la siesta. Ruth y Eva están en la cocina. Eva le pide a Ruth un cigarrillo y Ruth le da un chicle.

Eva dice:

–Eso es de críos.

Ruth le pregunta:

–¿Dónde están tus padres? ¿Murieron?

–¿Por qué supones que murieron? ¿Piensas que en mi país estamos todo el tiempo matándonos unos a otros? Como si no lo hicierais aquí.

–Tienes razón.

Eva achica los ojos.

–Os damos miedo. Y por eso nos odiáis. Pero la culpa de vuestro odio la tiene vuestro miedo, no nosotros.

–También en eso tienes razón. Dime, ¿a qué se dedicaban tus padres?

Eva guarda un porfiado silencio.

–Mi madre era maestra –dice al fin–. ¿Y la tuya?

Ruth le dice:

–No trabajaba. Era ama de casa. Murió cuando yo tenía aproximadamente tu edad.

Eva baja los ojos.

–Lo siento. Siento haberte hablado mal.

Ruth le dice:

–No te preocupes. Te perdono.

–Pues no deberías.

Ruth le dice:

–Tú también aprenderás a perdonar.

Eva se levanta y va hacia su habitación:

–Hablas como una santurrona.

Eva

Sigue saliendo a correr. Aunque haga frío. Aunque llueva. Aunque cada vez se canse más. Cuando entra en casa se va directamente a la ducha.

Un día, mientras se está vistiendo, Eva abre la puerta de la habitación.

–Iba a limpiar.

Ruth se cubre.

–Pues ahora no puedes. Márchate.

Por la tarde, mientras el niño juega en la alfombra, Ruth lee. Eva se sienta junto a ella en el sofá.

–He ido a casa de Omar. No me gusta.

–¿Por qué? ¿Qué ha pasado?

–Es un lisiado. Y la casa huele mal.

–Eso será por el gato. Encárgate de cambiarle la arena cuando vayas.

–Ni hablar.

–Ya lo haré yo.

–No puedo soportar verlo cojear.

–No seas cruel. No hables así.

–Está resentido conmigo. Yo tampoco le gusto a él. Me acusó de querer robarle.

–¿Y es cierto?

–Pues claro que no. No tiene nada. Solo piedras. Y su gato.

Eva espera que Ruth diga algo. Ruth calla.

–No quiero volver más.

–Está bien. No vuelvas.

Eva guarda silencio mientras Ruth sigue leyendo.

–¿Me vas a pagar? Ayer no me pagaste, y antes de ayer tampoco.

Ruth va a por dinero y paga a Eva. Le pregunta:

–¿Qué vas a hacer con tanto dinero?

–Ahorrarlo. Para cuando mi hijo y yo nos vayamos.

–Me parece bien.

–¿Tienes ganas de que nos vayamos?

Eva se sienta en el borde del sofá.

Ruth la mira.

–Algún día os iréis.

Le pone la mano en el pelo y lo acaricia.

Esa noche, Eva tiene una pesadilla. Grita. Ruth se levanta y va a su habitación.

–Vas a despertar al niño –le dice.

Eva está tiritando.

–Quédate un rato –le pide a Ruth.

Ruth le arregla las sábanas. Coge una manta y se la pone por encima.

Se queda hasta que Eva se vuelve a dormir.

Omar

Ruth llama a la puerta de Omar. Hace unos días tropezó y se hirió en la cabeza al caer. Eva estaba allí limpiando y fue en busca de Ruth. Ruth lo ayudó a levantarse, le curó la herida. Después vino a hacerle la comida. Mientras comían, pidió a Omar que dejaran de tratarse de usted.

Omar sirve té en un par de tazas.

–¿Qué te pasó, Omar? –le pregunta Ruth, señalando su pie.

Él evita mirarla.

–Lo merecía.

–¿Por qué dices eso?

–Sé que algún día me pasará algo malo. Vivo esperándolo.

–Esa es una forma muy amarga de existencia.

–Lo sé.

–No creo que merezcas que te pase algo malo, Omar.

Omar sonríe con maldad:

–Qué pensamiento más estúpido. Típico de un cristiano.

–Porque es cierto –dice Ruth–. Nadie lo merece.

–¿Qué puedes saber tú? No sabes nada de mí. Todos guardamos secretos.

–¿Cuál es el tuyo?

Omar acopla los codos en los brazos de su silla y echa el cuerpo hacia atrás.

–Yo maté a mi madre.

Ruth lo mira y aguarda.

–La despreciaba –dice Omar–. Mi padre también la despreciaba, ya estaba casado con la otra mujer cuando la conoció. Fue su segunda esposa.

–Ella no lo eligió. En cambio, eligió amarte a ti.

–No creo que tuviera elección. Era mi madre.

–Y tú su hijo. Seguro que la amabas también.

–La amaba de niño –dice él–. Pero el sentimiento desapareció con la edad.

Ruth estudia su expresión rencorosa. Omar rehúye su examen y mira por la ventana al exterior.

–¿Cómo murió? –le pregunta Ruth.

–¿Quieres decir, cómo la maté? La golpeé. Cayó al suelo y se partió la nuca.

–Luego no fue culpa tuya.

El sarcasmo distorsiona la cara de Omar.

–Los cristianos sois estúpidos. Era mi intención golpearla.

–¿Estuviste en la cárcel?

–No. Me apartaron de la comunidad. Intenté matarme y quedé así. Fue un castigo peor.

Tarik

Camila está mirando la televisión mientras el niño juega en la alfombra a sus pies.

Ruth lo coge en brazos y pregunta a Camila:

–¿Dónde está Eva?

Camila aparta los ojos del televisor.

–Ha salido. Ha ido a depilarse las piernas.

–¿Con qué dinero?

–Yo le di.

–No necesita depilarse las piernas. Y tampoco necesita más dinero. No vuelvas a darle, Camila.

–Si tú lo dices, no lo haré.

Ruth se queda mirando a Tarik.

–¿Este niño ha merendado?

Camila dice:

–Sí.

Y vuelve a mirar la televisión.

Cuando Eva regresa de la calle, Ruth le pregunta dónde ha estado.

Eva dice:

–He ido a depilarme las piernas.

Ruth dice:

–No necesitas depilarte las piernas. Eres una niña.

Eva se enoja.

–No lo soy. He estado con muchos hombres. Tengo un hijo.

–No hables así.

–Soy una mujer. En cambio tú... No tienes hijos. Seguro que ni siquiera has estado nunca con un hombre. Ni siquiera tienes casa. Esta es la casa de Camila.

Camila se ríe.

Ruth les da la espalda y se va.

Tu religión te prohíbe mentir

Omar le dice:

–Tienes pesadillas, ¿verdad?

Ruth no contesta. Pero luego, sin darse cuenta, dice a Omar:

–Desde niña.

–Qué mala cara. ¿Duermes mal?

Ruth dice:

–Sí.

–¿Con qué sueñas? ¿Con culebras?

Sorprendida, Ruth le pregunta a Omar:

–¿Por qué dices eso?

–No es difícil de adivinar.

–No –miente Ruth–. Nunca he soñado con culebras.

–Tu religión prohíbe mentir.

–No miento.

Ruth hace amago de ponerse de pie para marcharse. Omar la retiene, dice:

–Ya no sales a correr.

Ruth contesta:

–Ahora camino.

–¿Por qué?

–Cada vez más me canso más, ya no soy joven. Pero me gusta el ejercicio. Me gusta sentir la fuerza en los músculos de mis piernas. La resistencia con que puedo aguantar el trabajo sin descansar.

Omar baja los ojos y calla. Dice:

–Sí, me acuerdo de esa sensación.

Antes de que Ruth se marche, le pregunta:

–¿Cómo está el niño?

Ruth se extraña.

–¿Tarik? ¿Por qué?

–Hoy no lo he visto jugar. Pensé que estaba enfermo.

Cuando Ruth entra en casa, ve a Tarik en la alfombra a los pies de Camila. Le pone la mano en la frente.

–Tiene fiebre.

Camila sacude la cabeza.

–A su edad, los niños tienen fiebre a menudo.

Ruth dice:

–Mañana lo llevaré al médico.

Eva se enfurece:

–Déjalo. No le pasa nada. ¡Vas a conseguir que se nos lleven!

Ruth se la queda mirando. Eva se ha maquillado.

–Te dije que no te maquillases.

Eva se marcha a su habitación.

Sarampión

Durante la noche, Tarik se despierta llorando. Le duelen los oídos, se lleva la mano allí. Por la mañana, su cara y su cuerpo están cubiertos de puntitos. Ruth le da friegas con agua de azahar.

Del dispensario del convento, Ruth trae penicilina para prevenir una posible infección. No le gusta medicarlo, pero la fiebre cada vez le sube más.

–Debería verlo un médico.

Camila dice:

–¿Y si se lo llevan?

Ruth le pregunta a Eva:

–¿Ha pasado Tarik el sarampión?

–No lo sé.

–¿Y la rubeola?

–No lo sé.

–¿Cómo no vas a saberlo? Es tu hijo.

–Donde vivíamos no había hospitales. Son las abuelas las que saben qué hay que hacer cuando los niños enferman.

Lleva al niño al parque para que le dé un poco el sol. Se sientan en un banco. Tarik intenta tocarle los ojos. Le hunde un dedo en las mejillas. Ruth le coge la mano. La tiene caliente. Y la frente también.

Por la noche, Camila lo sienta en sus rodillas y le habla. Le mueve un dedo delante de la cara. Tarik lo sigue con los ojos un par de segundos. Luego empieza a toser. Luego se pone a llorar.

Ruth decide que llevará a Tarik al ambulatorio. Le pregunta a Eva si quiere venir. Eva no quiere. Le pregunta qué edad tiene Tarik. Eva se encoje de hombros.

–Es imposible que no sepas su edad.

–Pues no la sé.

Se encierra en su habitación.

En el consultorio, el médico mide a Tarik, lo pesa y lo ausculta. Le pregunta a Ruth:

–¿Cuántos años tiene el niño?

Ruth dice:

–Uno.

–¿Uno?

–Quiero decir, dos.

El médico la mira por encima de las gafas.

–¿No lo sabe?

–No.

–¿No es su hijo?

–Solo está pasando unos días conmigo.

El médico le pone una inyección y le devuelve a Tarik.

Cuando acaba, Ruth le pregunta:

–¿Qué es?

–Sarampión.

–¿Pero está bien?

El médico afirma:

–Perfectamente bien.

Cuando llegan a casa, Ruth deja a Tarik en la alfombra, y va a ver a Camila.

Le dice:

–El médico ha dicho que Tarik está bien.

Camila dice:

–Vamos a la cocina.

En la cocina, Camila le dice a Ruth:

–Ya pensé que no volvíais. Eva lo ha pasado mal.

–¿De verdad?

–¿Has tenido noticias del vicario?

Ruth dice:

–No. No me ha dicho nada aún.

Camila dice:

–¿Qué piensas hacer con ellos cuando te vayas a la Misión? ¿No pensarás dejarlos aquí conmigo?

–No. Los llevaré al convento.

Antes de salir de la cocina, Camila dice:

–Ruth, tienes que tener más cuidado.

Ruth responde:

–¿A qué te refieres, Camila?

–Esa niña. Es muy avispada para su edad.

Cuando Camila y el niño duermen la siesta, Eva sale de su habitación.

Le dice a Ruth:

–Ya he recogido y he limpiado. Aquí y en casa de Omar.

–Creí que no querías ir más.

–Es igual. Ya no le tengo miedo. Y necesito el dinero. ¿Puedes venir?

Ruth le pregunta:

–¿Adónde?

–A mi habitación.

Ruth la acompaña. Eva quiere enseñarle el vestido que se ha comprado. Es rojo y ajustado.

–¿Te gusta?

Ruth aparta la mirada.

–No. Devuélvelo.

Eva pregunta:

–¿Por qué?

–Porque es horrible. Es demasiado corto y ajustado. Parece el vestido de una furcia.

A Eva le tiembla el mentón cuando dice:

–¡Pues mejor! Es lo que soy.

–No hables así, Eva.

Eva sonríe malévolamente:

–Un día de estos me iré.

Athenais, un nombre sensual

Toma el libro que ha traído de la biblioteca del convento y lo abre por la marca. Lee el pasaje subrayado y a continuación se sienta a escribir.

Escribe:

«Eudocia fue una de las primeras escritoras de la cristiandad. Nació en Atenas. Pagana. Pero después de sufrir tormento a causa de la mordedura de una culebra, se convirtió al cristianismo».

Una culebra.

Escribe:

«Tomó el nombre de Eudocia después de su bautismo».

Escribe:

«Eudocia. Su verdadero nombre era Athenais».

Escribe:

«Athenais. Un nombre sensual. Puedo imaginarte, Athenais. Borracha de sensualidad. La culebra arrastrándose a tus pies».

Tacha lo último que ha escrito. Lo tacha con tanta fuerza que rasga el papel.

La adversidad

–¿Siguen los niños en tu casa? –le pregunta el padre Lázaro.

–Sí. No tienen adonde ir.

–Lo que estás haciendo por ellos no tiene precio, Ruth. No sabes lo mal que están las cosas.

Ruth pregunta:

–¿A qué se refiere, padre?

El vicario camina por la habitación.

–Llegan aquí sin papeles, así que a muchos los expulsan alegando que son mayores de edad.

Ruth pregunta:

–¿Y si se puede demostrar que son menores?

El padre responde:

–Entonces se inicia un proceso de acogida.

–¿Cuánto puede tardar ese proceso?

El padre suspira.

–Ojalá fuera tan sencillo, Ruth. El proceso está plagado de dificultades.

–¿Lo que dice es que no hay esperanza para Eva y Tarik?

El padre sacude la cabeza:

–No mucha.

Ruth dice:

–No dejaré que les ocurra nada malo. Se lo aseguro.

–No, estoy seguro de que tú cuidas bien de ellos, Ruth. Pero falta poco para tu traslado.

–Eso es cosa mía.

El padre Lázaro la mira:

–Sé muy bien que no abandonas fácilmente cuando tienes un propósito, Ruth. Pero prepárate también para la adversidad.

La duda

Camina sola por la ciudad. Detrás de los edificios, el cielo se empieza a oscurecer. Los bares cierran.

Entra en una iglesia. Se sienta en un banco. La iglesia, antigua y de techos altos, está fría, vacía. No hay servicios a esta hora.

Se arrodilla en el reclinatorio, que está frío y rugoso por el tiempo, y se le clava en la piel.

Intenta rezar.

Tras un instante, le falta el aire. Se levanta del banco y se apoya en el muro, cerca de la puerta. En el otro extremo, de una portezuela tras el altar, sale el cura. Se aproxima silenciosamente a la cruz y hace una genuflexión.

Cuando se vuelve y ve a Ruth en la puerta se queda mirándola.

Ruth se va.

Lidia

Oh, Señor. Dame la fuerza de la convicción.

Oh, Señor. Óyeme.

Oh, Señor.

Oh, Jesús. Quédate en casa de Camila.

Ruth roza con la cuchilla su antebrazo, hasta que el fino hilo de sangre emana de él.

Escribe después:

«Zarpando, pues, de Troas, navegamos a Samotracia, y al día siguiente a Neápolis. Y de allí fuimos a Filipos, principal ciudad de Macedonia. Y estuvimos unos días. Y un día salimos por la puerta fuera de la ciudad. Y, junto al río, donde se solía orar, nos sentamos a hablar a las mujeres que allí se habían reunido. Y una mujer que vendía púrpura se acercó a oírnos hablar. Se llamaba Lidia. El Señor ya había abierto sus oídos y su pecho, y ella lo alababa, y para que estuviese bien atenta a lo que Pablo decía, la hizo bautizar. Y cuando la bautizamos, junto con su familia, nos rogó: Si estáis seguros de que soy fiel al Señor, entrad en mi casa. Y quedaos.

Y nos persuadió».

La huida

En casa todas las luces están apagadas. En la cocina, sobre la mesa, hay una caja vacía de galletas.

Ruth llama a la puerta de la habitación de Eva. Eva no responde. Abre la puerta. La habitación está vacía y la cama deshecha. La ventana está abierta y el aire mueve las cortinas. Eva se ha sido. Siente que se le para el corazón. Abre el armario y golpea con fuerza las perchas que han quedado colgando.

Ruth entra en el cuarto de baño. Camila está bañando al niño. Tarik, sentado dentro del agua en el fondo de la bañera, completamente desnudo, juega y chapotea.

–¿Qué te pasa? –le pregunta Camila–. Anda, dile a su madre que venga a por él.

El vacío

Ruth tiene los ojos cerrados, aunque no duerme. La luz entra por el ventanal.

Se levanta y se pone una bata.

Recoge la casa. Sacude los cojines del sofá. Pone una olla con agua al fuego. Pela unas patatas, las echa en la olla y la cierra. Coloca la válvula sobre el pitorro.

Se sienta y se queda mirando la olla. Cuando empieza a silbar, se queda mirando la válvula girar. Tiene los ojos cerrados.

Se abre la puerta de la cocina y el ruido despierta a Ruth. Camila entra con Tarik. Ruth la mira:

–¿Por qué habéis vuelto tan pronto, Camila?

–¿Tan pronto? –dice Camila–. Son las dos. Acabamos de volver del parque. Llevamos esperándote allí desde las diez.

–Lo siento –dice Ruth–. No he dormido bien.

–Pero, alma de cántaro, si llevas durmiendo tres días con sus noches, desde que Eva se fue. Apenas te has levantado una o dos veces a hacer pis.

–No puede ser.

La válvula de la olla gira y silba enloquecida. Camila la aparta del fuego.

–Se habrá quemado todo el fondo. Anda, abre las ventanas.

Ruth obedece. Abre todas las ventanas de la casa. Cuando regresa, Camila está friendo unos filetes.

Le dice:

–Siéntate, Ruth. Vamos a comer.

Camila sirve la comida y agua en los vasos. Tarik, sentado en su trona, lame un cuscurro de pan.

Camila pregunta a Ruth:

–¿Por qué no comes?

–No tengo hambre –dice Ruth.

–Tienes ojeras. Y estás muy delgada. Vas a enfermar, Ruth.

–No es nada. Ya se me pasará.

–Si sigues así, acabarás de nuevo en coma.

–No voy a acabar en coma.

–¿Y qué vas a hacer, entonces? Hace una semana que se fue Eva, Ruth. No fue culpa tuya. Nadie tuvo la culpa, la vida es así.

–Ya lo sé.

Camila deja de comer.

–Llevas demasiado tiempo cuidando de mí, Ruth. Deja que cuide yo unos días de ti.

Ruth la mira.

–Gracias, Camila. Pero no es eso.

–Te va a venir bien irte a esa Misión, Ruth. Cambiar de vida. Deberías haberte casado.

Ruth dice:

–No te preocupes, Camila. Mejoraré. Todo se arreglará.

–Esa no es forma de resolver las cosas, Ruth. No puedes seguir sin vestirte, ni asearte, y diciendo que todo se arreglará.

Ruth no responde.

Convalecencia

Omar le pregunta:

–¿Por qué no quieres curarte, Ruth?

Ruth levanta la cabeza hacia él.

–Mi enfermedad no tiene cura, Omar.

Él la mira un momento sin expresión.

–¿Sigues un tratamiento?

–Desde niña.

–¿Sabes cuándo va a ocurrir?

–Dejémoslo –dice Ruth. Se vuelve, tratando de sonreír–. ¿Y tú? ¿Cómo estás? ¿Cómo van esos ánimos, Omar?

Omar evita mirarla a la cara. Levanta los hombros.

–He vuelto a trabajar. Me han hecho algunos encargos.

–¿De verdad? Cuánto me alegro.

–Ese libro que ves ahí es el Corán. Supongo que sabes lo que es.

Ruth mira el libro y sonríe.

–Y hasta lo he leído –dice–. ¿Vas a tratar de convertirme a mí?

Omar ríe. Es la primera vez que Ruth ve reír a Omar. Tiene una dentadura blanca y pareja. Parece más joven.

–También tengo un regalo para ti –dice mirándola.

–No tienes por qué regalarme nada, Omar.

Omar sale del cuarto y regresa con un paquete pequeño. Ruth lo abre. Es un incensario.

–Úsalo. Te relajará.

–Gracias, Omar.

Ruth acerca su mano a la de él.

Omar la aparta para servir el té.

Las leyes

Camila entra en la habitación al oír gritar a Ruth.

–¿Estabas soñando?

Ruth se sienta en la cama. Mira por la ventana, tras la que no se ve ninguna luz.

Le pregunta a su hermana:

–¿Aún es de noche?

Camila dice:

–¿Qué dices? Hace tiempo que es de día. Son más de las once.

–Lo siento, Camila. Se me olvidó subir la persiana. No sé cómo he podido dormir tanto.

–Han llamado del convento, Ruth. El vicario quiere hablar contigo. Me ha dado este número para que le llames.

Camila le da un papel.

Ruth llama al padre Lázaro al número que hay apuntado. No responde él. Cuando finalmente se pone al aparato, el vicario dice:

–Es importante que hablemos, Ruth.

Esa misma tarde, Ruth hace un esfuerzo y va a verle.

Antes siquiera de saludarlo, le pregunta por Eva.

–¿La han encontrado?

El padre Lázaro toma asiento detrás de su escritorio y la invita a sentarse.

Le dice:

–Tienes mal aspecto, Ruth. ¿No te encuentras bien?

–Sí, me encuentro bien. Solo estoy cansada. ¿Por qué me ha hecho venir, padre Lázaro?

El vicario la examina con detenimiento. Al cabo de un momento, dice:

–Ruth, me ha llegado una carta del obispado.

Ruth lo interrumpe:

–¿Tiene que ver con Eva?

–Escucha, Ruth. Ya sabes que yo haría cualquier cosa por ti y por esos niños, Dios los bendiga. Pero están las leyes. Hay leyes, Ruth.

–¿Se refiere a esas leyes injustas contra la inmigración? Los políticos ven amenazas por todas partes, padre. No tienen miedo de los inmigrantes, sino de su propia mezquindad. Les hace sentir culpables.

–Ya lo sé, Ruth.

El vicario se levanta. Deja atrás el escritorio y camina por la habitación.

–Me gustaría poder decirte otra cosa, Ruth, pero temo que vamos a tener que dejar que las autoridades se hagan cargo de Tarik.

–¿Qué significa eso?

–Que van a llevárselo.

Ruth le pregunta al padre Lázaro.

–¿Llevárselo? ¿Adónde?

–No lo sé, Ruth. A un centro de acogida, supongo. Imagino que el fin será buscarle unos padres de adopción.

Ruth se levanta bruscamente, haciendo que la silla caiga hacia atrás. El padre Lázaro se la queda mirando.

–El niño ya tiene una madre –le dice Ruth.

–Claro que sí, Ruth. Pero tranquilízate.

El padre pone la silla de pie y Ruth se sienta. Está un poco mareada.

–¿Te encuentras bien? –dice el vicario–. ¿Quieres un vaso de agua?

Ruth dice que no. El padre Lázaro sonríe, como intentando borrar con su sonrisa cualquier asomo de conflicto.

–¿Cómo van los preparativos del viaje? Supongo que estás deseando marcharte a la Misión.

–Sí. Lo estoy.

–Me alegro, Ruth.

Ruth le sostiene la mirada.

–Me avisarán si encuentran a Eva, ¿verdad, padre?

Los tres tipos de martirio

Martirio rojo. Martirio de los santos mártires que, después de haber vivido en el amor de Dios, aceptan con gozo ser torturados. Ser asesinados. Ser arrancados de su lecho de muerte por su fe en Él. Sin traicionarlo jamás.

Martirio blanco. Oh, bendito martirio blanco. Martirio de quienes son perseguidos por su fe. De quienes viven su vida con valentía y sufrimiento. En el nombre de Jesús. Sin necesariamente tener que morir.

Y qué hay de ti, martirio verde. Martirio verde. Alabado sea el martirio de quienes manifiestan su amor a Dios. De quienes se someten a ayuno. A privación. De los que eligen la soledad. Y el retiro. De quienes se apartan de lo humano. Y lo rechazan. De esos que se sacrifican por la fe. Y la encarnan.

Martirio. Ayuno. Persecución. Venid a mí. Oh, altura. Oh, cielos, tan lejos de la descomposición.

El hospital

Ruth está en el hospital.

Pasa mucho tiempo durmiendo. Está tan cansada que a veces le cuesta mantenerse en pie. Muchas veces, cuando está en silencio, los ojos se le cierran. Se marea. Cuenta para mantenerse despierta. A veces ha llegado a contar hasta mil. A veces hasta diez mil.

Cada media hora una enfermera viene a sacarle sangre. También debe orinar en un bote. Esta mañana le hicieron una punción. No recuerda haber tenido nunca una crisis como esta. Pero lleva tanto tiempo enferma que puede habérsele olvidado.

No. No tiene sentido engañarse. Ha habido más crisis, pero no como esta.

Una enfermera entra en la habitación y Ruth se despierta. Cuando intenta incorporarse para preguntarle, se da cuenta de que no se puede mover. Grita y se debate. La enfermera acude, trata de calmarla. Le toma el pulso y le pone una inyección. Dice:

–Tranquilícese. No debe excitarse.

Ruth le pregunta:

–¿Qué me pasa?

–Ha estado inconsciente.

Ruth vuelve a recostarse.

–Pero no me puedo mover.

La enfermera dice:

–Volverá a moverse. Iré a decirles a los médicos que se ha despertado ya.

La enfermera sale del cuarto y regresa con el médico.

–¿Voy a morirme? –le pregunta Ruth.

El médico dice:

–Todavía no.

El bibliotecario

Es el cumpleaños de Camila. Ruth ha comprado una tarta y Camila sopla las velas. Son solo cinco velas, una por cada década de Camila, pero Camila no es capaz de apagarlas todas a la vez.

Después de soplar, Camila cierra los ojos. Ruth, de pie ante ella, la contempla.

–¿Qué te pasa, Camila?

–Nada.

–¿No te encuentras bien?

–Estoy perfectamente. No hagas de monja conmigo, por favor.

–Te llevo al centro.

–Ni mucho menos. Anda, vete que vas a llegar tarde.

Ruth va en busca de su abrigo. Necesita consultar unos libros antes de que cierren la biblioteca de la universidad. Le dice a Camila:

–No tardaré, Camila. Necesito unos libros de la biblioteca. ¿Estarás bien aquí sola hasta que vuelva?

–Claro que estaré bien, alma de cántaro.

Ruth va a la biblioteca y rellena la ficha. Hace cola y se la da al bibliotecario. El bibliotecario la mira.

–Hace falta ser profesor para llevarse estos libros –le dice–. De lo contrario, tendrá que consultarlos aquí.

–No soy profesora. Los consultaré aquí.

El bibliotecario sonríe:

–Es mayor para ser estudiante.

Ruth se enfada. Intenta disimular.

–Eso a usted le da igual –dice discretamente.

El bibliotecario teclea en su ordenador.

–Si está haciendo una tesis, no se preocupe. Pida en el decanato que le hagan un carnet y tráigamelo.

Ruth le da las gracias al bibliotecario y se va. Unos días más tarde, vuelve con un carnet. Rellena la ficha con dos títulos más.

El bibliotecario dice:

–Lo siento. Este libro no lo tenemos aquí. Si quiere, podemos solicitar un préstamo interbibliotecario. En unos días lo tendría.

Ruth le dice que sí.

El bibliotecario vuelve con un impreso y sonríe a Ruth. Le dice:

–¿De qué trata su tesis?

Ruth contesta:

–No estoy escribiendo una tesis.

–¿Qué investiga?

–Tampoco es una investigación.

–¿Entonces, sobre qué escribe?

Ella arruga los ojos y lo mira de refilón. El bibliotecario es un hombre maduro, pero aún guapo.

–Sobre mujeres mártires –contesta–. Mujeres que sufrieron martirio en la Antigüedad.

Él repite:

–Mártires.

Ella dice:

–Sí.

El bibliotecario dirige los ojos hacia ella, y luego escribe algo en el impreso. Lo gira sobre el mostrador hacia Ruth.

–Firme aquí.

Ruth firma. Él estampa en el impreso el sello de la universidad, arranca una parte y se la da.

–Algún día, si quiere, podríamos tomar un café –le dice a Ruth.

Siente que se ruboriza. No tiene ni idea de por qué le habrá dicho una cosa así.

La tentación

Al día siguiente, Ruth vuelve a la biblioteca. El bibliotecario no está. Sentada detrás del mostrador, leyendo un libro, hay una mujer.

Le dice a Ruth:

–¿Qué desea?

Ruth dice:

–Buenos días.

La mujer se levanta. Ella coge una ficha de préstamo y la rellena.

La mujer la examina y se va. Regresa después.

–Este título no lo tenemos. ¿Está segura de que no se confunde de autor?

Le pide disculpas, sale de la biblioteca y se sienta en un banco frente al edificio.

El burdel

Visita un club en las afueras de la ciudad. Bañadas por tenues luces rojas, hay mesitas redondas con taburetes alrededor. Todo está prácticamente sumido en la oscuridad. En el centro del local, una pista de baile es bañada rítmicamente por las luces iridiscentes que refleja una bola hecha de pequeños trozos de espejo.

Una chica viene directamente hacia Ruth. Con un gesto del dedo, la invita a seguirla.

Ruth la sigue. Rodean la pista de baile. Pasan por detrás de un mostrador. Traspasan una cortina de abalorios que tintinea al dejarla atrás. Entran en un reservado.

La chica le dice a Ruth:

–Siéntate ahí.

Ruth se sienta. La chica viene hacia ella y se empieza a quitar la ropa. Ruth se incorpora.

–¡No! –le grita.

–¿Qué te pasa? –dice ella.

–No he venido a eso.

La chica la mira extrañada.

–¿Qué quieres, entonces?

–¿Conoces a una chica llamada Eva?

–¿Eva? No.

Ella dice:

–Está bien.

Cuando intenta marcharse, la chica la agarra por una manga.

–Espera –le dice–. Me tienes que pagar.

Ruth saca un billete del bolso y se lo da. La chica lo guarda. Luego intenta llevar la mano hacia los muslos de Ruth.

Ruth le da un bofetón.

Cuando acerca la mano a su cara, la chica se aparta.

La biblioteca

Se apoya en un árbol al otro lado de la calle y observa la entrada de la biblioteca desde allí. Entran estudiantes muy jóvenes. Entran profesores. Algunos salen enseguida. A Ruth le gustaría entrar. Pero siente mucha vergüenza.

Una noche le espera hasta la hora de cierre. Leon sale del edificio y camina unos pasos. Delante de un pequeño bazar se detiene. Mira el escaparate, luego entra. Ruth lo ve recorrer los estantes llenos de botellas, coger una Coca-Cola y luego pagar.

En la calle, cuando ve a Ruth frente a él, le dice:

–Ah, es usted. Si ha venido a por un libro, hemos cerrado ya.

Ruth dice:

–No se preocupe.

–Hacía tiempo que no la veía.

–Estuve enferma.

Él no dice nada.

–Un resfriado –explica ella–. Nada más.

–¿Se encuentra mejor?

–Sí, ya estoy mejor.

Él la mira largamente.

–¿Vive por aquí?

Ruth dice:

–No.

Cuando se da la vuelta para irse, él la detiene:

–La invito a un café.

–Es usted muy amable, pero no tiene por qué invitarme.

–No tengo por qué, pero quiero.

Ruth sonríe.

–Sabe sonreír –dice él.

Entran en un café. Cuando el camarero se marcha, Ruth le dice al bibliotecario:

–Quería disculparme por lo de la otra vez.

–¿Exactamente por qué?

–Cuando me dijo que era demasiado mayor para ser una alumna. Fui orgullosa. Y muy descortés.

El hombre se quita las gafas y mira a Ruth.

–Es usted muy rara.

–Solo me he disculpado.

Él sonríe:

–Ahora soy yo quien está siendo descortés, perdóneme. ¿Cómo se llama? Aún no sé su nombre.

–Me llamo Ruth.

–Yo soy Leon.

Leon le tiende la mano.

–¿A qué se dedica, Ruth? Aparte de a escribir sobre mártires.

–Soy religiosa.

–¿Religiosa? –se extraña él.

–Monja –dice Ruth.

Leon parece desconcertado. Parpadea un par de veces antes de volver a hablar.

–Tengo la llave de la salida de incendios, Ruth. Si necesita algo de la biblioteca, puedo abrir.

–No necesito nada. Gracias, Leon.

Él se pone de pie y llama con un gesto al camarero.

–¿Puedo acompañarla a su casa?

Sonriendo, Ruth dice:

–Claro que no. Es aquí al lado.

Felicidad

Camila dice:

–No he preparado nada. Me dolía la cabeza y me he vuelto a la cama cuando Tarik se durmió. Tampoco he salido a comprar.

Ruth dice:

–No te preocupes, Camila. Ya lo he hecho yo.

Ruth ha comprado una botella de vino y la deja encima de la mesa. Esta noche está contenta.

–Me alegro de que estés mejor, Ruth –dice Camila.

–Ven a sentarte.

Se sientan alrededor de la mesa y Ruth levanta su copa para brindar. Camila pregunta:

–¿Qué te pasa?

Ruth dice:

–No me pasa nada.

–A mí no me puedes engañar, Ruth. Nunca te he visto así. Casi diría que estás contenta.

Ruth sonríe.

Camila levanta su vaso y dice:

–Brindo por ti, Ruth. Si mamá viviese, estaría orgullosa.

Ruth baja los ojos.

–Déjalo, Camila. No me tortures con eso.

–Esta vez lo digo en serio, Ruth. Por favor, créeme. Eres buena. Y yo no.

–No soy buena. Nunca lo he sido. Ni creo que nadie lo sea.

Camila sacude la cabeza. Ríe.

–Una monja diciendo esas cosas... Señor.

Ruth no contesta. Camila bebe y empieza a comer:

–A lo mejor esperas mucho de la vida, Ruth. Puede que ese sea tu problema.

El impulso

El sábado por la tarde va a la biblioteca a devolver unos libros. Pero cuando llega, no se atreve a entrar. Se apoya en el árbol y aguarda allí.

A las nueve y media, sale Leon. Se sube en un autobús y Ruth se sube también. Se oculta entre la gente, él no la ve. Cuando él se baja en la última parada, ella se apea también.

Al llegar a la puerta de su casa, un pequeño chalé de dos plantas en una urbanización solitaria, Leon se vuelve a mirar hacia atrás.

Ruth sale de su escondite y él la mira sorprendido.

Dice:

–¿Por qué me ha seguido?

Ruth atraviesa la cancela y se detiene frente a él.

–No lo sé. Ha sido un impulso.

–No ha sido un impulso. Ha pasado toda la tarde frente a la biblioteca. Salí a fumar y la vi. Volví a salir una hora más tarde y seguía allí.

Ruth no contesta.

–¿No va a decir nada?

–No sé qué decir.

Él pregunta:

–¿De verdad es usted monja? ¿O era una excusa?

–No.

Leon tarda un rato en volver a hablar.

–No la entiendo, Ruth. Reconozco que soy un hombre anticuado, de otro tiempo.

De repente, a Ruth le acomete el deseo incontenible de echarse a llorar. Con el rostro oculto entre las manos, llora.

Leon da un paso hacia ella. Cuando el llanto deja de sacudir sus hombros, acerca su cara a la de Ruth. No hace nada, solo apoya su mejilla contra la de ella y la deja allí.

Tecla

Aunque sin duda hay algo de exageración en los eventos, el relato de la beata Tecla se basa en una mujer real.

Tecla, oh, audaz Tecla. Sanadora. Predicadora. Inspiradora líder religiosa. En sus epístolas, hasta Pablo la menciona.

La historia de Tecla no es grandilocuente ni extraordinaria. No comienza de forma diferente a la de cualquier otra mujer. A la de Ruth. Un varón que la engendró. Otro que la desposó. El Dios que siempre la guiaba.

Pero Tecla, Tecla, oh terca mujer, tendida en la cama, tuvo una visión. Lo vio: debía ser casta.

El voto de castidad. Una vida casta, incluso estando casada.

Y uncido por el rayo, el ángel vino a ella en su naturaleza esencial. Sin forma. Y la liberó del ejército de sombras. Un Armagedón.

Dios la perdonó y dijo:

Vive.

Y Tecla se apartó de todos y dejó atrás su antiguo cuerpo. Y su antigua piel.

Y fue una declaración dramática de individualidad, y del derecho sobre su propio porvenir.

La casa del león

Visita todos los comedores sociales de la ciudad. Deambula por ahí. Entra en bares y pregunta por Eva a los camareros. También a los clientes. A última hora, toma el tranvía hacia la urbanización donde vive Leon.

Se aposta frente a la casa. Las luces están apagadas. Va a la parte posterior y se encarama un poco por encima de la tapia del jardín. Se ve la ventana del comedor, pero el interior está en penumbra.

Suena el timbre de la puerta y se enciende una luz en el piso de arriba. Se enciende otra en la escalera que desciende al piso inferior. Ruth corre a la parte delantera de la casa. Hay una chica esperando en la puerta.

La puerta se abre y Leon aparece en el umbral. Besa a la chica en las dos mejillas y la hace entrar. La luz del vestíbulo se apaga, y Ruth vuelve a la parte de atrás. Se enciende la luz en el comedor. Se ve la silueta de Leon, más alta que la de la chica, moviéndose por la habitación. Luego, la silueta de la chica se acerca a Leon, se funden en una, más pequeña, que permanece largo rato en la misma posición.

Media hora más tarde, la chica se marcha. Ruth la ve subirse a un pequeño Renault.

Leon abre la puerta de repente y la ve allí, de pie en medio del jardín.

–¿Ruth?

Ella vacila.

Leon le hace un gesto para que se acerque.

–Vamos, entre.

Siente sus mejillas arder. Cómo va a explicarle a Leon qué hace allí. Ni ella misma lo sabe.

En el vestíbulo, Leon dice:

–Espéreme ahí. Prepararé café.

Ruth entra en la habitación que Leon le indica.

–Me quedaré solo un momento.

Es una estancia decorada con sobriedad, con muebles de madera maciza. Las ventanas están cubiertas por cortinas de tela de visillo y bandós. En el suelo hay extendida una alfombra.

Ruth se acerca al aparador. En una docena de portaretratos aparecen Leon y una mujer. Ruth coge una. La mujer no es más que una niña. Una adolescente, en realidad. Lleva ropa deportiva.

Leon entra en la habitación.

–No me queda leche. ¿Cómo le gusta el café?

Pone una bandeja en la mesa y se acerca a Ruth.

–Es Anna, mi hija. Acaba de estar aquí. Ahí tenía quince años. Ya tiene veinte.

Ruth vuelve a dejar la foto. Él dice:

–Siéntese.

Ruth se sienta en un sofá.

–Tiene una casa muy bonita –le dice.

–La decoró mi mujer. Supongo que está un poco anticuada. Cuando murió, no quise cambiar nada. Ahora me da pereza.

–¿A qué se dedicaba su mujer?

–Fue ama de casa y luego, madre. Como tantas mujeres.

No parece haberlo dicho con ninguna intención. Leon le sirve café en una taza y se sirve otra para él.

–¿Azúcar?

Ruth se pone de pie.

–No sé qué hago aquí. Me tengo que ir.

–Aguarde –dice Leon. Se pone también de pie y retiene a Ruth por el codo–. No hay nada de malo en tomar café.

Ruth se tapa el rostro con las manos y sacude la cabeza. Al apartarlas, reprime una sonrisa.

Le dice:

–Debe de pensar que soy muy infantil.

Él levanta la frente.

–Me gusta cómo es, Ruth.

La fe

La casa de Omar está hecha un desastre. En el tiempo que no ido a visitarle, Omar la ha abandonado por completo. Flota en ella una pesada nube de cigarrillos. Las cortinas amarillean. La alfombra tiene las esquinas rizadas y está surcada por gordas bolas de pelusa.

Ruth le pregunta:

–¿No venía una mujer antes de que llegara Eva? ¿Por qué no la llamas?

–No quiero que venga nadie.

–¿Por qué?

–No me gusta tener a nadie rondando.

Omar está sentado frente a ella en la mesa cubierta por un mantel de ganchillo, amarillento también. La mesa está llena de paquetes de cigarrillos vacíos, ceniceros repletos de colillas, junto a vasos y una botella de vino.

–Bebe conmigo.

–Creía que tu religión te impedía beber alcohol.

–Ya te dije que no soy un fanático.

Omar le sirve un vaso de vino a Ruth y se sirve otro él. Bebe un trago.

–¿Qué tal va tu nuevo trabajo? ¿Visitas muchas comunidades?

–Lo he dejado –dice él.

–Cuánto lo siento, Omar. ¿Y eso por qué?

Omar da un trago de vino mientras se hace el distraído para no contestar. Luego dice:

–Has estado mucho tiempo ausente, Ruth. Apenas te veo a través de la ventana. Hasta pensé que te habías marchado a la Misión sin despedirte de mí.

Ruth contesta:

–No. Aún no.

–Cuéntame. ¿Qué has estado haciendo?

Ruth le dice:

–Ya sabes lo que hago, Omar.

–Sí, lo sé. ¿Quiénes son esos afortunados a los que has ayudado últimamente? ¿Niños? ¿Refugiados?

Ruth le mira.

–Sí.

Omar suspira.

–Ojalá tuviera yo esa fe que tienes, Ruth. En alguna cosa. En lo que fuera. Yo nunca podré ser como tú.

–No hace falta que seas como yo.

–Ya lo sé. Me conformaría con tenerte como ejemplo.

–No soy ejemplo de nada bueno, Omar. Pero si eso te hace bien, adelante.

Él sonríe con la mitad de la boca nada más.

–¿Nunca tienes dudas? –le pregunta.

–Constantemente.

–¿Y qué haces, Ruth? ¿Qué haces cuando aparece la tentación?

–Rezar.

–¿Y consigue tu Dios impedir que caigas en ella?

A Omar le brillan los ojos, el vino hace muy pronto efecto en él. Se ve que no acostumbra a beber.

Ruth se levanta para irse.

–Te envidio, Ruth –le dice Omar en la puerta–. No sabes cuánto envidio tu fe.

La caída

Al día siguiente, Ruth vuelve a la facultad. Espera frente a la biblioteca a Leon. A las nueve y media, Leon cierra la puerta. Ruth cruza la calle.

–¡Ruth! Me has asustado. ¿Qué haces aquí?

–Tenía ganas de verte.

Él mira su reloj.

–No es buen momento, Ruth. Me tengo que ir.

Ruth pregunta:

–¿A ver a tu hija?

Leon no responde. Se guarda las llaves en el bolsillo, y echa a andar.

Ruth lo retiene.

Él se vuelve.

–Te dije que era un hombre anticuado, Ruth.

Ruth dice:

–Vamos a tomar un café.

Entran en un bar. Ruth llama al camarero y pide dos cafés. Leon pide un *whisky* con agua.

Le dice a Ruth:

–Espero que no te moleste.

Toma el vaso y se lo bebe de un trago.

–Hacía años que no salía con ninguna mujer.

Ruth no dice nada. Él le dice:

–No me había interesado por ninguna mujer desde que ella murió. Supongo que eso a ti no te parecerá nada extraordinario, claro.

Ruth dice:

–No pienso nada.

–Pues deberías.

Leon baja los ojos y observa el interior de su vaso.

–No tengo derecho a hablarte así. Perdóname.

Ruth llama al camarero. Pide otro café.

Leon se acaba su copa y sigue hablando.

–Háblame de ti, Ruth. De tu trabajo. ¿Cómo surgió en ti la vocación?

Ruth contesta:

–Supongo que cuando era niña. Durante mi enfermedad.

Leon levanta los ojos hacia ella.

–¿Estuviste enferma?

–Sí. Tenía miedo, era muy cobardica. Aún lo soy.

–No lo creo –dice él–. Yo creo que eres una mujer excepcional.

Ruth ahoga una risa amarga.

–¿Yo? Estás loco.

Él se ha puesto muy serio.

–No estoy loco –dice–. Mírame.

A Ruth le cuesta mirar a Leon, pero lo hace. El corazón le late deprisa. Cierra los ojos.

Leon dice:

–¿Te encuentras mal?

Ella contesta:

–Vámonos de aquí.

Se levanta y él la sigue fuera del bar.

En el dormitorio de Leon, Ruth se deja caer en su cama. Tiembla. Leon la coge por las muñecas. Las besa. Besa primero una y luego otra. Lame el dorso de su mano. La palma. Sigue lamiendo su brazo hasta el pliegue del codo. Le quita la ropa. Tendido a su lado, lame sus pechos. Los roza con el dedo. Después toca su sexo hasta que el cuerpo entero de Ruth se estremece de placer.

El padre

Su padre ha venido a visitarlas. Raras veces ha estado en la casa. Ruth lo invita a pasar.

–¿Y tu hermana?

–Ha salido. Enseguida volverá. Siéntate.

Su padre no se sienta. Con las manos tras la espalda, caminando marcialmente, lo mira y lo examina todo. Aprieta las mandíbulas.

Resulta intimidante verlo allí.

Le dice a Ruth:

–Me alegro de que estemos solos.

Ruth responde:

–¿Por qué, papá?

Su padre se yergue sobre sus dos piernas, algo separadas entre sí, y mira frente a frente a Ruth.

Finalmente dice:

–Tengo entendido que recogiste a unos sintecho.

–No emplees esa palabra. Eran una madre y su hijo.

–He oído que ella ha desaparecido dejándoos al niño aquí.

Ruth no contesta.

–Espero que no hagáis ninguna tontería, Ruth. –El brillo de los ojos de su padre se va diluyendo–. Ese niño no es cosa vuestra.

Después de un silencio incómodo, su padre echa un vistazo tras de sí. Dice:

–¿Dónde está tu hermana? Me tengo que ir ya.

Ruth no tiene tiempo de contestar. Se abre la puerta y entran Camila y Tarik.

–¿Qué haces tú aquí? –dice Camila, con el rostro encendido de ira–. ¿A qué has venido? No te quiero en mi casa. Fuera de aquí.

Su padre no responde. Mira al niño, que trastea por el cuarto, y se va.

La consulta

Ruth acude a su médico. Faltan aún varios meses para su revisión periódica, pero quiere saber. Una ola de optimismo la invade por vez primera. Siente que está mejor.

–Vístase –le dice el médico.

Cuando se viste, Ruth se sienta enfrente de él. Le pregunta:

–¿Cómo estoy?

Su médico se reclina en la silla y la mira desde allí.

–Ya sabe que esto no va a cambiar –le dice a Ruth.

Es su médico y conoce su historial.

–¿Está seguro?

–En medicina no se puede hablar de nada con absoluta certeza.

Escribe unas cosas en su ficha y le extiende una receta.

–Tómese estas pastillas.

Ruth se levanta para irse.

–¿Para qué son?

El médico suspira.

–Ya lo sabe. No tiene por qué vivir angustiada.

No está angustiada. Como ha dicho el médico, en medicina no hay certezas. La ciencia es solo ciencia. Y ella sabe muy bien que la vida es algo más que ciencia.

La pasión

Por la mañana, a Ruth la acometen nuevos dolores. Toma el medicamento, pero no le hace nada. Intenta serenarse, no impacientarse. Lo odia. Odia el medicamento. Odia todo lo que le recuerda que está hecha de carne, de materia que se puede corromper. Que es una enferma. Le dan ganas de romper alguna cosa y lanza una figurita de loza contra la pared. Los pedazos llenan el suelo del comedor.

Oye a Camila preguntar desde la cama:

–¿Qué ha pasado?

–Nada, Camila. No ha pasado nada, sigue durmiendo.

Cuando se levanta, Camila contempla el desastre. Mientras recoge los trozos de la figurita le pregunta por Eva a Ruth.

Ruth se extraña:

–¿Por qué me preguntas por ella? Sabes de sobra que no sé nada.

–Ay, Ruth. Me pregunto qué va a ser de ese pobre crío cuando tú te vayas.

La búsqueda

Atraviesa el barrio y deja la ciudad atrás. Toma una carretera pequeña y llega a un campamento de gitanos. Han llenado la explanada de caravanas destartaladas y furgonetas oxidadas. Hay una noria.

Se sienta en una piedra a ver jugar a los chicos. Uno de ellos se acerca y Ruth le pregunta desde cuándo están acampados allí.

El chico se encoje de hombros.

–Hace un día o dos.

–Dime. ¿Conoces a una chica que se llama Eva?

–¿Eva? Me parece que no.

–De unos dieciséis años.

–Conozco a una que se llama Mila y a otra que se llama Ena. Están ahí.

El chico señala la noria. Ninguna de las chicas que hay allí es Eva.

Se levanta de la piedra y se aleja de allí.

Esperanza

Va a ver al padre Lázaro. Quiere preguntarle si podría iniciar un proceso de adopción.

–¿Un proceso de adopción?

–O de acogida. Lo que sea. Quiero conservar conmigo a Tarik.

–¿Tú, Ruth? Pero eso no puede ser.

–No quiero que se lo lleven. No lo permitiré.

–Eso es muy natural, Ruth, te has encariñado con él y es comprensible que no quieras que se vaya. Pero me temo que es algo que no te está permitido, Ruth. Tú no puedes tener hijos.

–No sería tenerlos, sino adoptar uno.

–Ni siquiera adoptarlos.

–¿Por qué no?

–¿Y tú me lo preguntas? Eres miembro de la Iglesia, Ruth. Una religiosa. Debes seguir unas normas, respetar unas reglas. Y luego están tus votos. Eres esposa del Señor.

–Pero también soy mujer.

–Me dejas perplejo, Ruth. Creía que tu vocación estaba fuera de toda duda.

El vicario sirve agua en dos vasos y le tiende uno a Ruth. Ella dice:

–¿Y si no fuera monja?

–No te comprendo.

–¿Podría iniciar el proceso de adopción de Tarik si no fuera religiosa?

El padre Lázaro se levanta y rodea el escritorio para quedar frente a Ruth. La mira a los ojos con preocupación.

–Ruth, dime la verdad. ¿Tienes algún problema? ¿Algo que desees contarme? ¿Has sufrido alguna tentación? Es humano sentirse tentado, Ruth.

Ruth se da la vuelta y abandona la habitación.

La culebra

Por la noche se despierta sin saber dónde está. No reconoce la habitación. Se levanta de la cama. Sale al pasillo. No conoce la casa donde está.

Entonces recuerda que está en casa de Leon.

Baja a la primera planta. Abre la puerta de entrada y sale al exterior.

No hay nadie en la calle. El césped del jardín de Leon está casi congelado. Todo está en silencio y reina una misteriosa quietud.

Enfrente, tras una plaza flanqueada por dos hileras de árboles, hay una fuente. Ruth cruza la calle descalza. Los semáforos parpadean en ámbar. Las losas del suelo están frías, duele pisarlas.

Se sienta en el borde de la fuente y mira la luna. De repente, la luna, más que un cuerpo celeste, le parece un gigantesco asteroide procedente del espacio que se dirige hacia la Tierra para entrar en colisión con ella.

Se toca la frente. Está ardiendo.

La proposición

El domingo por la mañana, Ruth sale a comprar unos bollos. Leon duerme. No conoce su urbanización, le cuesta orientarse y tarda un rato en dar con un bar.

Leon sigue en la cama cuando vuelve. Ruth se sienta a su lado y lo mira dormir. Cuando la ve, él se frota los ojos y bosteza.

–¿Qué hemos hecho?

Leon sonríe.

–¿No te acuerdas?

–Claro que sí.

Él dice:

–Vamos a desayunar.

Se sientan en la cocina. Leon está despeinado y tiene mala cara. Debajo de sus ojos hay grandes ojeras. Parece mayor. De un bolsillo de la bata, saca un frasquito y se toma un comprimido con un poco de agua.

Ruth le pregunta:

–¿Qué es eso?

Leon la mira con ternura:

–Es solo una pastilla para la tensión.

–¿Desde cuándo la tomas?

–No te preocupes –ríe él–. Estoy bien. Es normal a mi edad, ya no soy tan joven.

–Claro que eres joven.

Ruth acerca la silla. Intenta cogerle la mano, pero Leon la aparta sin darse cuenta para llenar las tazas de café.

–Sabes que mi hermana y yo cuidamos de un niño pequeño –le dice Ruth.

–Sí –dice él–, Tarik. Ya me lo has dicho. Cuidáis de él desde que su madre lo abandonó.

–No estoy segura de que lo abandonara. Eva es muy joven aún y no creo que lo pensara muy bien. Estoy segura de que un día volverá.

Leon dice:

–Y mientras tanto, quieres cuidar de él.

Ruth aparta la cara, rehuyendo el examen de Leon, y se echa a llorar.

–No puedo dejar que se lo lleven, Leon. ¿Qué va a ser de él?

Leon deja el café, se sienta más cerca de ella y abraza a Ruth. Le dice:

–Me lo imagino. Tampoco tu infancia fue feliz. ¿Me equivoco?

–Nadie lo sabe.

–El dolor se toma su tiempo en desaparecer, Ruth. Pero lo hará.

Ella dice amargamente:

–No estoy muy segura de eso, Leon, y no me importa. Pero si pudiera ayudar a ese niño, sería feliz.

–Supongo que ya lo haces.

–Pero no es suficiente. Pronto se lo llevarán. Quiero evitarlo.

–¿Cómo? ¿Qué más puedes hacer tú?

–Puedo adoptarlo.

Leon la mira sorprendido.

–¿Adoptarlo?

–Iniciar un procedimiento de acogida. Hacerme cargo de él hasta que su madre apareciera.

–¿Y para eso no tendrías que ser una mujer normal?

Ella se enfada.

–Soy una mujer normal.

–Quiero decir, seglar, no una monja. Tener marido.

–Sería mejor si estuviese casada. Sí.

Leon calla. Mira por la ventana. Dice:

–Supongo que me estás proponiendo matrimonio.

Ruth se vuelve, ruborizada. Siente que le arden las mejillas.

–Perdóname, Leon. No sé cómo me he atrevido a pensar siquiera una cosa así.

Leon dice:

–Yo también lo he pensado, Ruth.

Ruth vuelve la cara y mira a Leon:

–¿Es cierto eso?

Él vuelve a mirar por la ventana. Guarda silencio y la mira otra vez.

–Perdí a mi mujer demasiado pronto, Ruth. Además, según mi hija, en las últimas semanas estoy rejuveneciendo.

Ruth toma las manos de Leon entre las suyas y las besa.

–Eres un ángel, Leon.

Él sonríe.

–¿Crees que Dios me castigará por apartarte de él?

La dispensa

Ruth se presenta en la rectoría para hablar con el padre Lázaro. El vicario acaba de llegar de la Misión, su maleta está en el pasillo. Hace pasar a Ruth a un salón.

Abre las ventanas y se deja caer en una silla.

–Perdóname, Ruth. He llegado hace un momento del aeropuerto, llevo todo el día de viaje. He tenido que cambiar dos veces de avión. Las esperas han sido interminables.

El vicario se sirve algo de beber:

–¿Qué tomas tú, Ruth? ¿Coca Cola? ¿Café?

Ruth se sienta en el borde del sofá.

–Nada.

El padre sigue hablando del viaje.

–No sabes lo mal que están las cosas en la Misión, Ruth. Todo por culpa de la maldita crisis migratoria. Que Dios me perdone por hablar así.

Ruth dice:

–Eso ya no tiene nada que ver conmigo.

–¿Qué dices, Ruth? ¿Por qué hablas de ese modo?

El padre Lázaro se sienta con su vaso en el borde del sillón.

–Ahora nos necesitan más que nunca. Somos siervos de Dios.

Ruth saca un papel del bolsillo y se lo da. El padre Lázaro pregunta:

–¿Qué es esto, Ruth?

Ruth dice:

–Una solicitud de dispensa.

–¿Una solicitud de dispensa?

–Todo está ahí –dice Ruth.

El vicario examina el papel.

–¿Por qué, Ruth? ¿Qué te ha hecho tomar una decisión como esa?

–Ya lo sabe, padre. Vine a decírselo.

–Sí, lo recuerdo. Pero confiaba en que abandonarías tu propósito, que cambiarías de opinión. Ya te dije que no había ninguna posibilidad de que te dejaran adoptar un niño. No, siendo religiosa, Ruth.

–Esa es la razón por la que me voy.

–No puedes dejarlo, Ruth. ¿Qué hay de tu vocación?

–Sigo amando a Dios.

El padre deja su vaso y mira a Ruth.

–¿De dónde sale tanta soberbia, Ruth? ¿No te das cuenta de que, aún abandonando los votos, no tienes muchas opciones de conseguir lo que pretendes? Ese niño tiene una madre. Y, por otra parte, tú ya no eres joven. Y tampoco estás casada.

–No. Aún no.

El padre Lázaro la mira escandalizado.

–¿Qué quieres decir? De modo que yo tenía razón y había algo más. ¿Quién es él? Porque hay un hombre, no te atrevas a negarlo.

–No lo niego.

–Lo sabía. Pero ya te dije, Ruth, que eso no tiene importancia. Todos hemos sido tentados alguna vez. En algún momento de su vida, hasta la vocación más férrea ha sucumbido a la tentación. No hay nada de malo de en ello, Ruth. Lo importante es volver a la senda de Dios.

–La senda de Dios me lleva precisamente hacia ello, padre.

–¿Es posible que seas tan testaruda, Ruth? ¿No lo vas a madurar un poco más? No seas impulsiva. Sabes que lo que te propones no tiene vuelta atrás.

–No tengo que madurar ya nada, padre. Todo está decidido.

El vicario aparta la vista de ella. Se pone de pie y camina despacio por el salón.

–Me temo que te estás equivocando, Ruth. Pero eres libre para decidir.

–Y ya he decidido.

Mirando al fondo de su vaso, el padre dice:

–Te deseo lo mejor, Ruth. Espero que no tengas que arrepentirte nunca.

Ruth se pone de pie.

–No me voy a arrepentir.

Ruth avanza hacia la puerta. El vicario se interpone en su camino. Con una mano en el picaporte, le dice:

–Que Dios te acompañe, Ruth.

La despedida

Se sienta en un banco enfrente de su casa. Mira a la gente que hace compras, que vuelve del trabajo, que se pasea, a pie o en bicicleta. Apenas hay coches. Cuando cierran los comercios, la calle se queda desierta. En las fachadas, algunas ventanas se iluminan. Desde una de ellas, Omar la llama y la invita a subir. Ruth entra en el edificio.

Sube por la escalera. Omar ha dejado la puerta abierta. Ruth entra en casa de Omar, pasa al comedor. Ante la ventana, Omar está sirviendo té en unos vasos.

–Ven, Ruth, siéntate a la mesa. Brindemos.

Ruth dice:

–Esto es nuevo, Omar. ¿Qué celebramos?

Omar levanta su vaso y mira el contenido al trasluz.

–Me voy, Ruth. Regreso a mi país. Al pueblo donde crecí.

–¿Hablas en serio, Omar? ¿De verdad?

–Nada será igual que antes, ya lo sé. Pero siempre será mejor que esto. No imaginas lo bello que es. El mar, la luz. Las casitas blancas, los barcos pesqueros, las gentes sencillas y hospitalarias. El paraíso en la Tierra.

Ruth ríe. Dice:

–Me alegro por ti, Omar. Te echaré de menos.

Omar sonríe, aunque en sus ojos hay un brillo empañado.

–Quisiera hacer algo por ti, Ruth.

–¿Por mí?

–Antes de que te vayas a la Misión. Apenas queda tiempo ya.

–Gracias, Omar. Pero ya no me voy.

Omar la mira sorprendido.

–¿Cómo que no te vas? ¿Qué ha pasado?

–Me quedo, Omar, eso es todo.

Omar tarda un instante en contestar.

–Si es para bien, me alegro por ti –dice.

Ruth levanta su vaso hacia él.

–Es para bien, sí.

Omar vacila un instante antes de decir:

–Ven conmigo, Ruth.

Ruth lo mira confusa. No entiende.

–¿Adónde, Omar?

–A mí país. Déjame cuidar de ti.

Ruth sonríe a Omar. Se siente halagada. Baja la vista avergonzada, y contesta:

–Gracias, Omar. Pero no puede ser.

La muerte

Se pone unos pantalones y sale a caminar. Camina alrededor del parque. Luego camina por la avenida que atraviesa la ciudad de norte a sur. Camina durante dos horas, más de diez kilómetros en total. Cuando llega a casa, está tan cansada que se queda dormida en el sofá.

El timbre del teléfono la despierta. Es la voz de una mujer.

–Me llamo Anna. Soy la hija de Leon.

–¿Anna? –pregunta, aún aturdida.

–Mi padre ha muerto esta madrugada de un infarto –dice la voz–. Pensé que debía saberlo. Mañana es el funeral.

El contestador

Llama a Leon a la biblioteca. La mujer que atiende con él en el mostrador contesta.

–¿Diga?

Ruth cuelga.

Vuelve a llamar por la noche, un poco antes de la hora de cerrar. Contesta la misma mujer. Vuelve a colgar sin hablar.

Por la noche, llama a casa de Leon. Deja sonar la señal acústica hasta que salta el contestador.

Finalmente, oye la voz de Leon.

–Ahora no puedo atenderle. Deje su mensaje y...

Ruth dice:

–¿Leon? –Y repite–: Leon. Contesta, Leon.

Ahí tienes a tu madre

Es de noche. Son las tres de la madrugada y Tarik llora llamando a su madre. Camila duerme profundamente, Ruth la oye roncar.

Ruth se levanta y llena un vaso de agua en la cocina. Atraviesa la casa a oscuras hasta el dormitorio de Tarik.

Tarik está de pie sobre la cama, mirando por la ventana a través de las cortinas. Ya no llora. Vuelve su cabecita cuando oye entrar a Ruth. Los mocos se han detenido sobre su labio superior e hipos rítmicos le sacuden los hombros.

Ruth le hace sentar en la cama y ella se sienta a su lado. Le da de beber. Le arropa y Tarik se vuelve a dormir.

Ruth se levanta y corre las cortinas. Al otro lado del patio, donde no se oye ningún ruido, todas las luces están apagadas excepto las de Omar.

El libro de Eva

Y Eva marchó con su hijo a la tierra de Nod.
Lo cual Dios celebró. Y estuvo de ello complacido.

Libro de Eva
MANUSCRITO ANÓNIMO

La última tentación de Eva
se terminó de imprimir
para EL PASEO EDITORIAL
en el mes de agosto de 2025